悪役令嬢ってのは
こうやるのよ

ライナルト・カシュタイン
王太子。カサンドラの婚約者だが、前世を思い出す前の彼女の執着を鬱陶しく思っている。聖女・愛菜に惹かれる。
カサンドラ・ヴェンデル
侯爵令嬢。高熱で死線を彷徨ったことで、自分が「光の聖女の救世物語」に登場する悪役令嬢に転生していると気がつく。前世は芸能プロダクションの社長。
主な登場人物

ローラント・ヴェンデル
カサンドラの弟で、ライナルトの側近。真面目な性格で、カサンドラとは仲が悪い。
広瀬愛菜
聖女として異世界に召喚される。天真爛漫で素直な性格。
セルマ
孤児。仲間とつるみスリを行い、小銭を稼いでいたが、カサンドラに捕まる。

Contents

悪役令嬢ってのはこうやるのよ

藍田ひびき

イラスト
カオミン

1章　悪役令嬢、転生する

「この悪女が！　そんな汚い手を使ってまで、王妃になりたいのか！」

待ち望んだこの瞬間。裁判官の如《ごと》く私を断罪しようとしていた愚者《ぐしゃ》たちを、私は嘲笑《ちょうしょう》と共に眺《なが》める。

蒼白《そうはく》な顔に虚《うつ》ろな目で「嘘だ……」と呟《つぶや》く者。あるいは私を憎々《にくにく》しげに睨《にら》みつける者。

私は背を伸ばして胸を張り、努めて上品に見えるように――それでいて酷薄《こくはく》な微笑を彼らへと返した。

悪女ですって？　当たり前じゃない。

だって私、悪役令嬢なんですもの。

◆◇◆◇◆

14歳になったばかりの頃だった。私が前世の記憶を思い出したのは。

――本当に出来損《できそこ》ないだな、お前は。

――この企画を通して欲しいんだろう？　だったら……

――死ね！　◯◯め!!

「何、これ……!?　こんなの知らない……!!」

流行《はや》り病《やまい》にかかり高熱でうなされる私の脳内に、突如奔流《ほんりゅう》のように流れ込んできた記憶。前世と今世のソレがめまぐるしく入れ替わり、気が狂いそうになる。何度か気絶を繰り返し、徐々に落ち着くにつれて理解した。これは前世の私が生きた追憶の残滓《ざんし》である、と。

片倉玲子《れいこ》。それが前世の私の名前。

実家はそれなりに裕福だった。エリート官僚の父と名家のお嬢様である母。両親は常に優秀な兄を贔屓《ひいき》し、一方で私を貶《おとし》めた。彼らは『良い夫へ嫁《とつ》ぎ、家族へ尽くすことが女の幸せ』という古くさい考えの持ち主だ。だから私は家庭内で一番低い身分で、見下してもいい存在だったらしい。今どきそれはないと思うでしょう？　だけど名家なんてそんなものよ。私からすれば家柄《いえがら》くらいしか誇れるところがない、つまらない連中だったわ。

勝気な私は何度もそれに反抗したけれど、「あの子はストレートで東大に入るくらい優秀なのに、あんたはどうして」「本当に出来損ないだな」「女のくせに生意気な口ばかり……せめてもう少しお淑《しと》やかにできないのか」と詰《なじ》られるだけだった。

私だって学校の成績は常に首位近くをキープしていたし、兄ほどではないにしろ良い大学に入ったんだけれどね。彼らは認めたくないものは見えない性格《たち》だったらしい。

いつしか私は彼らに期待するのをやめた。そして大学を出てから、とある芸能プロダクションに就職した。

元々芸能界に興味があったのもあるが、何よりこの選択は、両親が一番嫌がるだろうと思っていたからだ。芸能人を「あんなもの底辺の人間がやることだ」と馬鹿にしていた彼らは予想通り激怒し、私は縁を切られた。

いっそ清々《せいせい》した気分だったわ。私を貶める両親からも兄からも、ようやく解放されたのだもの。

だけど希望を持って入社したプロダクションも腐《くさ》っていた。テレビ局のお偉いさんの親族だという無能な上司に振り回され、セクハラまでされる日々。考えた企画を上司に横取りされたこともある。

それでもいずれはのし上がってやると、歯を食いしばって仕事を続けた。おかげで多少は認められるようになったと思っていた、ある日のこと。

「君が出してきた企画には問題がある」

と、上司から応接室に呼び出された。

「どこが問題でしょうか。指摘していただければ修正します」

「そうだな、ちょっとこっちへ」

彼が示したパソコン画面を見ようと身体を寄せた途端《とたん》、私はソファへ押し倒された。

「この企画を通して欲しいんだろう？　だったら……」

臭《くさ》い息がかかって背筋が凍《こお》り、気付くと私は渾身《こんしん》の力で彼をぶん殴《なぐ》っていた。その後どうなったかって？　当然の如く、私の企画案は通らなかったわ。企画会議でけちょんけちょんに貶《けな》されるというオプション付きで。

ようやく分かった。私はずっとうちの家族だけがクソなんだと思ってた。だけどそれは違う。この世の中そのものがクソなんだ。

ブチ切れた私は会社を辞め、自ら芸能プロダクションを立ち上げた。無能上司に振り回されていた同僚数人も一緒だ。

仕事はなかなか軌道に乗らなかった。弱小の無名プロダクションに依頼をくれるのは、以前の職場で繋《つな》がりのあった顧客くらいなもの。

だから会社を大きくするために、私はなんだってやった。自分で言うのもなんだが辣腕《らつわん》だったと自負している。表の面でも、裏の面でも。

若手女優を使った枕《まくら》営業は勿論《もちろん》、自分の身体を使ったこともある。

身体を売るのはいいのかって？　なんの益《えき》もない相手にセクハラされるのと、自分の意思で身体を使うのとは違うわ。相手は大手スポンサーの営業部長だったから、しばらくは愛人になって色々と便宜《べんぎ》を図ってもらった。

ライバル会社の看板女優に若い男優をあてがい、スキャンダルで追い落としたこともある。目障《めざわ》りなアイドルグループを麻薬にハマらせて刑務所送りにしたことも。売り出し中の若いアイドルへの誹謗中傷《ひぼうちゅうしょう》をＳＮＳで煽《あお》り、引退へ追い込んだこともあったわね。

そのおかげで、会社は業界ナンバーワンとなった。

あの頃が人生の絶頂だったと思う。それは突然に終わりを迎えた。

専用車《ハイヤー》から降りたところで、警備を振り切った男が「死ね！　資本主義の犬め‼」と叫びながら、私へナイフを突き立てた。腹から流れ出る生温《なまあたた》かい液体と全身に広がる痛み。

「あ、これ駄目かも」

と考えながら、倒れ込んだところで意識が途切れた。


私の意識はふわふわとした妙な感覚に包まれていた。全身に広がっていた痛みはなく、身体がすごく軽く感じる。……軽いどころではなかった。身体が中空に浮いている。

「おおい、こっちじゃこっちじゃ」

しばらく漂っていた私へ、どこからともなくかけられた声。その途端、私の身体はその方向へと勝手に引き寄せられた。

誰だろう？　声の主は白く光っていてよく見えない。声色《こわいろ》と喋《しゃべ》り方から年寄りであろうことだけは分かったが。

「貴方《あなた》は誰なの？　ここはどこ？」

「うん？　わしはシムダール。そうじゃな、そなたらが神と呼ぶ存在の１人と言えば通じるかの」

「神……」

なるほど。私はあの男に刺されて死んだのか。

そして魂《たましい》だけになり、このシムダールとかいう神様の元に連れてこられたと。意外だ。てっきり地獄へ連れていかれると思っていたのに。

いいえ、分からないわね。これから煉獄《れんごく》へ放り込まれ、永劫《えいごう》の責め苦を負わされるのかもしれない。

「地獄なんてもんは存在せんよ。ここにはな。魂は使い回しが基本じゃからの」

あらやだ。この神《ひと》、私の考えてることが読めるのね。

魂の使い回し……輪廻転生《りんねてんせい》のこと？　シムダールは仏様の一種なのかしら。そうは見えないけど。

「わしはお前さんの世界の神ではないよ。魂だけこちらへ送られてきたのじゃ」

突如、空中にスクリーンのようなものが浮かび上がった。映し出された見覚えのある情景は……私の過去だ。産まれてから死ぬまでの、ありとあらゆる場面が映画のように流れていく。

「あまり褒《ほ》められた生き方はしてないようだの。全く……罪を犯した魂ばかり、こうほいほいと送られてはたまったもんじゃないわい」

「嫌なら断ればいいのじゃない？」

「そうもいかんのだ。こちらは出来たばかりの世界で魂の数が少ない。だから他の世界から補充してもらっておるのじゃが。中には罪人ばかり送ってくる神もいてのう」

それが私の生きていた世界の、神だか仏だか、ということか。どういう判断基準か分からないけれど、私は罪人として元の世界からここへ追放されたらしい。

「それで、私はどうなるの？　畜生《ちくしょう》か虫けらにでも転生させられるのかしら」

自分のやってきたことが正しいとは思っていない。

私を刺した男に見覚えはないが、恨《うら》みを買う覚えは数え切れないくらいある。私が陥れた者か、あるいはその家族か恋人か……。

油断していたという悔《くや》しさはあるが、刺殺犯に対して思うところはない。ただそういう結果になってしまったというだけだ。この先どんなちっぽけな存在に生まれ変わったとしても、そういう因果《いんが》が巡《めぐ》ってきただけなんだと思う。

「いや、人間に転生させる」

「あら意外」

「それなりに困難には見舞われるじゃろうがな。この程度ならそれで十分。だいぶ前に大勢の神官と信者を焼き殺した挙句《あげく》、部下に裏切られた男の魂が送られてきたのう。あっちの神は激おこで、絶対人間には転生させるなと言っておった。そのくらいやらかした咎人《とがびと》ならば別のものへ転生させるがの」

神に仕える者を多数焼き殺し、部下に裏切られて死んだ男……どこかで聞いたような気もするわね。

「次の世では、悔い改めて真っ当に生きることじゃ。前世のようにろくでもない死に方をしたくなかったらの」

……悔い改めよですって？

「ふざけないでっ！　何を勝手に決めつけて……！」

反論がシムダールに聞こえたかは分からない。突然生じた向かい風に、私の身体はごうごうという音と共に後ろへと飛ばされた。そして大きな吸引機を向けられたかの如く、とある世界へと吸い込まれていった。

◆◇◆◇◆

「お嬢様!?　お嬢様が目をお覚ましに！」

「すぐに医師へ連絡を」

目を覚ました私は、天蓋《てんがい》付きのベッドに寝かされていた。目に飛び込む眩《まぶ》しい光にクラクラする。自分がどこにいるのか分からない。だが意識が覚醒《かくせい》するにつれ、前世と今世の記憶が融《ゆう》合《ごう》していった。

そうだ。私はこの世界――『光の聖女の救世物語』という小説の登場人物に転生したのだ。

しかもこの世界における悪役令嬢、カサンドラ・ヴェンデル侯爵令嬢に。

『光の聖女の救世物語』は、なんの変哲もない女子高生の広瀬愛菜《あいな》が異世界に召喚《しょうかん》され、聖女だと告げられるところから話が始まる。

召喚された国は疫病《えきびょう》により多くの民が死に、滅亡の瀬戸際《せとぎわ》にあった。彼女は持ち前の明るさと元の世界の知識、そして聖女としての治癒《ちゆ》力を使って困難を解決していく。その過程で協力者である王太子ライナルトと愛を育《はぐく》んでいくのだ。

だがライナルト王子には、既に婚約者であるカサンドラがいた。

彼女はライナルトから好意を向けられる愛菜に嫉妬《しっと》し、数々の嫌がらせを行う。だがそれは逆効果だった。嫌がらせから愛菜を救う過程で２人の絆《きずな》はさらに深まる。そして最後にカサンドラは断罪され、愛菜はライナルトと結婚する。

……という、ありきたりなストーリーだ。

この小説が人気を博し、アニメ化に続いて舞台化されることになった。その舞台にうちのプロダクション所属の男優が出演することになったのだ。オファーを受けた私は、一応この小説に目を通した。

読了後の感想は、「下らない」だった。

平凡な女の子が王子に見初《みそ》められるシンデレラストーリーは、いつの時代も人気がある。最近はそこに異世界無双《むそう》も加わっているらしい。

何者にもなれないことに鬱憤《うっぷん》がたまっている読者は主人公と自分を同一化し、その立身を我がことのように喜び、悪役が成敗《せいばい》される様《さま》に酔うのだろう。

だが自らの力でのし上がってきた私は、そんなものを愉《たの》しめる精神性は持ち合わせていなかった。


「……それにしても、悪役令嬢とはね」

カサンドラのことは、「悪役令嬢という割に、生温《なまぬる》いな」と思っていた。

彼女が愛菜にやったことといえば、同級生と結託して無視したり持ち物を壊したり、夜会に慣れない様を皆で嘲笑《あざわら》ったりしたくらいだ。

女子中学生かというレベル。

ごろつきを雇《やと》って愛菜を襲わせようとしたことだけは、認めてもいい。悪辣《あくらつ》さという意味で。

処女を奪われれば王太子の妻にはなれない。自分の手を汚さず、愛菜を追い落とす良い手だ。

だがすんでのところで助けが入り、これも失敗に終わる。

ライナルトの命により、王家の影がこっそりと愛菜を守っていたのだ。さらにごろつきたちがすぐに口を割ったため、カサンドラの企《たくら》みが露見《ろけん》してしまう。

やり方が稚拙《ちせつ》すぎる。

王太子の寵《ちょう》を受けた者ならば護衛くらいつけられていると、どうして気付かないのか。彼女が確実に1人になる時か、あるいは陽動して護衛から引き離した上で狙《ねら》うべきだろう。しかも質の悪い町のごろつきを雇うなど言語道断《ごんごどうだん》だ。

断罪されたカサンドラは父のヴェンデル侯爵からも見捨てられ、追放刑として森の中へ放り込まれる。その先は描写されていないが、女1人が獣《けもの》のうろつく森で生き抜けるわけもない。要するに死刑と同じことだ。いや、ひと思いに殺してもらえないだけもっと悪いかもしれない。

今は14歳の春だから、主人公が召喚される2年ほど前だ。

小説の通りに進むならば、私の断罪まであと4年弱。シムダールの言いようからして、真っ当に生きることで断罪を回避せよということだろう。

私は前世を悔いてなんかいない。

確かに小悪党だったかもしれないが、私は自分の力を最大限に使って精一杯生き抜いたのだ。終わり方がどうであれ、それを悔いるというのは私の努力の全てを否定することだ。

私をここへ送り込んだ神仏《しんぶつ》よ。私はお前たちの思い通りになどならない。

私が悪役令嬢だというのなら、なってやろう。

そして存分に見せてあげるわ。本当の悪役というものを。

◆◇◆◇◆

熱が下がり、起き上がれるようになった私は、ヴェンデル侯爵家の本邸に戻った。寝込んでいる間、離れに押し込められていたのだ。世話をする使用人も最小限。伝染の可能性がある以上仕方ないけれど、とても侯爵令嬢に対する扱いとは思えないわね。

「姉さん。もう出歩けるようになったのか」

「ええ。すっかり回復したわ」

珍しく話しかけてきたのは廊下で鉢合《はちあ》わせした弟のローラントだ。そのスンとした表情は、とても家族の病状を心配している様子ではない。

記憶に残るカサンドラの行動を鑑《かんが》みれば、そのような態度を取られるのも不思議ではない。幼い頃のカサンドラは溌剌《はつらつ》として闊達《かったつ》な少女だった。多少我が儘《まま》なところはあったけれど、年相応に愛らしい娘だったと思う。それが変化したのは母親を病で失ってからだ。

父親であるヴェンデル侯爵は、家庭を一切顧《かえり》みることのない男だった。彼は権力を得ることにしか興味がない。跡継《あとつ》ぎのローラントはまだしも、娘など父にとっては政治上の駒《こま》でしかないのだろう。だから小説では、主人公に敗北した我が娘をあっさりと切り捨てるのだ。

父に見向きもされないカサンドラの心をずっと守っていたのは、母だった。彼女が亡くなり心の拠りどころをなくしたカサンドラは荒れた。あれを寄越《よこ》せ、これが気に食わないと周囲を振り回す。侍女に暴力を振るおうとしたカサンドラを止めたローラントに、花瓶《かびん》を投げつけたこともある。幸い弟が避《よ》けたので大事には至らなかったが、それ以来彼との間にも距離ができてしまった。

屋敷の使用人たちはカサンドラを腫《は》れもののように扱う。それがまた、彼女の孤独をより深めた。大人の目線で言わせてもらえれば、カサンドラの言動は確かに褒められたものではない。彼女の境遇には自業自得《じごうじとく》な部分もある。だけどその元凶は家庭環境でしょう。

片倉玲子もまああのお嬢様育ちだったけれど、私はそこから飛び出した。だけどそれは高等教育を受けていたことと、女性が自立できる社会があってこそ。

身分制度が強く残るこの世界で、貴族令嬢が好きなように生きることはまず無理だ。

だからカサンドラには少しだけ同情するわ。少しだけ、ね。

「ライナルト殿下が心配なさっていた。快癒《かいゆ》したのなら、一度顔を見せに行った方がいい」

「そうね。御礼状は勿論出すけれど。明日から学院へ行くつもりだから、ご挨拶《あいさつ》に伺《うかが》うわ」

「分かった。殿下へ伝えておく」

ローラントは殿下の側近だ。成績優秀ではあるが、筆頭侯爵家の嫡男《ちゃくなん》という点が選ばれた理由だと思う。ローラントくらいの成績と身分を持つ令息は、少ないがいなくはないのだ。


部屋に戻った私は、花瓶に生けられている枯れ始めた花と封筒に目をやる。

病気見舞いと称してライナルトが贈《おく》ってきたものだ。1カ月近く寝込んでいる間、婚約者である彼が起こしたリアクションはそれだけ。ローラントは『殿下が心配なさっていた』と言ったが、おそらくは建前《たてまえ》上、婚約者を気遣《きづか》うフリをしたに過ぎないだろう。

伝染病なのだから王太子が直接見舞いに来られないのは仕方ない。しかし手紙の内容も、「体調はどうだ？　早く良くなるように祈っている」という、通り一遍《いっぺん》の文言《もんごん》が綴《つづ》られているだけだ。平素の２人の仲が察せられる内容である。

だけどそんな贈り物でも、前世を思い出す前のカサンドラは大切にしていたのだ。

私の中に残る記憶によれば、ライナルトに初めて会ったのは10歳の頃。王太子となる彼の婚約者候補として、父親に連れられて王城へ上がった時だ。

幼いライナルトはあどけない顔立ちに金髪碧眼《きんぱつへきがん》の美少年で、幼いながらも紳士的にカサンドラへ優しく接した。

正式に婚約者と決まった時、カサンドラは本当に喜んだ。彼女にとってライナルトは、誰にも愛してもらえない自分を救い出してくれる王子様のように見えたのかもしれない。

少なくとも当初は普通に仲が良かったと思う。純粋に彼を慕《した》うカサンドラに対し、ライナルトも好意を示してくれていた。だが徐々にカサンドラはライナルトへ執着《しゅうちゃく》するようになる。常に恋慕《れんぼ》を前面に押し出し、彼の迷惑も顧みずに付きまとった。ライナルトに近づいた令嬢に嫉妬し、暴力を振るったことすらある。ライナルトは周囲の諫言《かんげん》に耳を貸さない彼女を嫌がり、避けるようになった。

無理もないことだろう。ライナルトはまだ10代前半。カサンドラの家庭環境が複雑だからといって、それを彼に受け止めろというのも無理な話だ。ただでさえ、気の合う男同士で遊んでいたい年頃なのだから。

今の私ならば、それも仕方のないことだと理解できる。だがカサンドラは、なぜ自分が向ける愛と同じものをライナルトが返してくれないのか、どうして婚約者なのに寄り添ってくれないのかと騒いだ。

完全に逆効果だ。そんなことをしても、彼の気持ちが離れていくだけだというのに。

弟や使用人に対してもそう。

本当は寂しかったのだ。構って欲しかったのだ。それなのに、カサンドラは彼らへ攻撃的に接した。それがまた周囲と溝を作る原因となった。

不器用《ぶきよう》すぎて呆《あき》れるわね。

だけど今の私は、世間知らずのお嬢様《カサンドラ》ではない。片倉玲子として生きた記憶と経験がある。

玲子のように家から飛び出すことはできなくても……現状を変えることくらい、やってみせるわ。だって私、悪女なんですもの。

「ヘレナ。この花、捨てておいて頂戴《ちょうだい》」

「えっ……よろしいのですか？　お嬢様」

普段は冷静な侍女《じじょ》ヘレナが、少し慌《あわ》てた様子で聞き返した。驚くのも無理はない。病気になる前の私なら、婚約者からの贈り物を捨てるなんて絶対にしなかったでしょうから。

「ええ。だって、もう枯れてしまっているのですもの」

「畏《かしこ》まりました」

花瓶を抱えて退出する侍女の背中を見送ってから、私はライナルトの手紙を破り捨てた。

「カサンドラ。体調は回復したのか」

「ええ、もうすっかり良くなりましたわ。お見舞いをいただき、ありがとうございました」

「婚約者として当然のことをしたまでだ。本当に良かった。今回の流行り病では亡くなった令嬢もいるからな。皆《みな》、心配していたのだ」

婚約者としてどうだろうというくらい儀礼的な挨拶を交わしたあと、私は顔を上げてライナルトと4人の側近たちの顔を眺めた。

わざわざライナルトのいる生徒会室へ足を運んだのは見舞いの礼をするためもあるが、近い未来、私を断罪する者たちの顔を見ておきたかったからなのだ。勿論カサンドラの記憶には残っているのだけれど、細部までは分からなかったのよね。多分、ライナルトしか目に入ってなかったんでしょう。貴族令嬢としてどうよ、と我ながら思う。

さらさらの金髪に青い瞳、すらりとした体躯《たいく》。ライナルトは立っているだけで絵になるような美少年だ。さぞ多くのご令嬢の頬《ほお》を赤らめさせてきたのだろう。

側近たちも、かなり整った顔立ちだ。全員揃《そろ》うと無駄にきらきらしい。

だけど前世の記憶を取り戻した私は、全くと言っていいほど彼らにときめかなかった。

死んだ時の玲子《わたし》はアラフォーどころかアラフィフに近い年齢だった。10代の少年なんて男性として見られないのは当然だろう。それに、芸能プロダクションにいたおかげで美形《イケメン》には慣れっこなのだ。

側近の1人目は騎士団長の息子、アレクシス・ロイスナー。ライナルトの専属護衛騎士でもある。体力はあるが、頭を使うのは苦手。つまりは筋肉バカね。

2人目は宰相《さいしょう》の息子、ハインツ・オスヴァルト。成績優秀で頭脳明晰《めいせき》。学生ながら数々の献策を行い、王太子の参謀《さんぼう》的存在だ。今の私から見れば、ただの小賢《こざか》しい子供にしか見えないわ。

3人目、魔法師団長の息子であるルドルフ・クルツ。10歳で高等魔法を使いこなし、10年に一度の逸材《いつざい》と言われている。魔法以外はなんの才もない無能だけど。

そして最後は私の弟、ローラント・ヴェンデル侯爵令息。家の中でもほとんど話をしないので、彼がどういう性格なのかよく分からない。外では堅物《かたぶつ》として知られているらしい。

こちらを見るライナルトの表情は固く、とても婚約者の全快を喜んでいる風ではなかった。側近たちに至っては、鬱陶《うっとう》しそうな表情を隠してもいない。ライナルトはともかく、側近からここまで嫌われてるなんて……いえ、身に覚えはあるのだけれど。貴族令息なら、少しは表面を取り繕《つくろ》うべきじゃない？

「お気持ち、ありがたく頂戴致しましたわ。それでは授業の準備がありますので、私はこれで」

「え？　あ、ああ。またな」

ライナルトは面食らった表情だ。彼だけでなく、側近たちも怪訝《けげん》な顔でこちらを見ている。

以前の私なら「ライナルト様〜」と、用もないのに離れようとしなかったものね。そんな無駄なことに使う時間は、今の私にはないわ。

「おかしいな。あのカサンドラ嬢がこんなにあっさり引き下がるなんて」

「明日は雪でも降るんじゃないか？」

「何か企《たくら》んでいるのかもしれない」

彼らの不躾《ぶしつけ》な会話が耳に届くが、私は聞こえなかったフリをして立ち去った。

噂話ならせめて本人のいないところでしなさいよ。嫌味のつもり？

……生意気な小僧《こぞう》どもが。

お前たちは所詮《しょせん》、愛菜に骨抜きにされた挙句、彼女に振られる当て馬でしかないのよ。


「ごきげんよう、皆様」

「まあっカサンドラ様、ご回復なされたのですね！」

「よろしゅうございました。カサンドラ様がいらっしゃらなくて、寂しかったですわ」

教室に入ると、学友のご令嬢たちが駆け寄ってきた。彼女たちはヴェンデル侯爵家の寄り子の貴族令嬢や、ライナルトの側近たちの婚約者。つまりはカサンドラの取り巻きである。

本気で心配していたかどうかは分からない。彼女たちが私の傍《そば》に侍《はべ》るのは、私が筆頭侯爵家の令嬢であり、王太子の婚約者だからだ。

お互いそれは理解した上での付き合いだ。だけど彼女たちはこうやって本音を見せずに接してくる。高位貴族の令嬢として、正しい対応と言えるだろう。同じ年齢ならば男子より女子の方が精神年齢は高いというけれど。あの側近たちも少しは婚約者を見習って欲しいわね。

「あらぁカサンドラ様。ご無事でしたのね。一月《ひとつき》近くお休みなさっていたから私、とぉっても心配しておりましたのよ」

取り巻きをぞろぞろと引き連れつつ現れたのは、クラリッサ・フェルスター侯爵令嬢だ。

彼女はライナルトの婚約者候補だった。カサンドラが選ばれたことに納得がいかないらしく、よくこうやって嫌味をぶつけてくるのだ。

「王太子殿下は一度くらい、お見舞いにいらしたのかしら？　あら、失礼。私ったら、立ち入ったことを……。いえね、お二人の仲がどうこうという噂が流れておりましたから、つい」

取り巻きと一緒にほほほと笑うクラリッサ。

底意地の悪そうな顔だ。以前の私なら怒ってつっかかっていた。だけどそのせいで余計《よけい》に「ヴェンデル侯爵令嬢は感情的だ」「未来の国母《こくぼ》に相応《ふさわ》しくないのでは？」などと噂されてしまう羽目《はめ》になったのだ。

ここは無視《スルー》に限るわ。

「伝染病にかかっている病人へ、王太子殿下がお会いに来られるわけはございませんでしょう？ですが心のこもったお手紙や贈り物をいただきましたので、ご心配なく。クラリッサ様もあまり根拠のない噂に惑《まど》わされない方がよろしいですわよ。品位を疑われますわ」

いつものように私が怒ると思っていたのだろう。一瞬呆気《あっけ》にとられたあと、クラリッサは眉《まゆ》を顰《ひそ》め、フンッと鼻を鳴らして去っていった。


「お父様、お願いがあるのですけど」

「欲しいものがあるのなら執事に言え。今までもそうしてきただろう」

珍しく一家揃った夕食の席でおねだりした私に、父は面倒くさそうに答える。ローラントはぴくりと眉を動かした。内心、「姉さんがまた我が儘を」とか思ってるのでしょうね。

仕事で飛び回っている父は、家族と共に食事をすることがほとんどない。小説のカサンドラは父親のことを嫌っていた。いや、恨んでいたと言った方が正しいかもしれないわね。

母亡きあと……いえ、母が生きている時ですら、カサンドラはこの生物学上の父に優しい言葉ひとつかけてもらったことはない。愛に飢《う》えた幼い娘が伸ばした手を振り払うどころか、見えないかの如く無視したのだ。そりゃあ恨みもするだろう。

だが今の私は、この男をそこまで嫌ってはいない。情の薄い徹底的なリアリスト。それは前世の私とよく似ている。

「いいえ。私が欲しいのは物ではなく、人ですわ」

「人？」

「暗部《あんぶ》を数人、私の専属にして欲しいの」

暗部とは、我が家に仕える裏仕事専門の部隊。王家の保持する影と似たようなものだ。主な仕事は諜報《ちょうほう》や監視だが、時には暗殺を手がけることもある。

「理由を」

「あら、説明が必要でして？　ヴェンデル侯爵令嬢として、私も色々とやるべきことがありますのよ」

「……分かった。２人やろう」

「ありがとうございます」

私がこれからやるべきこと。

未来に控える破滅を防ぐため、断罪者たちを失脚させる。

そして、召喚されるであろう聖女も潰《つぶ》す。この2つだ。

無論、その過程で邪魔になる者がいればそれも排除するつもりよ。

しかし私1人でできることには限界がある。だから手足となって動く人材が欲しかった。

前世は社長だったから、人材確保も異動も好きにできたんだけど……。養われている身では勝手はできない。

まもなく私のところへ、男女一組の暗部がやってきた。男はジョン、女はバニーと名乗った。本名かどうかは知らない。

ジョンはこの仕事について5年目だが、バニーは新人だそうだ。

14歳の娘のやることだ、新人の研修に丁度《ちょうど》いいとでも思ったのかしらね。失礼しちゃうわ。

小手《こ て》調べに私はバニーにとある調べ物を、ジョンにフェルスター侯爵家の内偵《ないてい》を命じた。


「お聞きになりました？　フェルスター侯爵家の件」

「ええ、勿論ですわ。侯爵が愛人に産ませた娘を、虐《しいた》げていたという話でしょう？」

学院のご令嬢たちは、授業そっちのけで噂話に熱中している。話題の中心はフェルスター侯爵家の醜聞《しゅうぶん》だ。

「クラリッサ様は率先して異母妹を虐《いじ》めていたらしいですわ。毎日のように叩《たた》いていたとか」

「まあっ……でもあの気の強いクラリッサ様ですもの、分からないでもないわ。ねえ、カサンドラ様？」

「どうかしら。よそ様のご家庭のことは、私には分かりかねますわ。ほほほ」

私は微笑みながら当たり障りのない答えを返した。

知ってはいるんだけどね。そりゃもう詳細に。

フェルスター侯爵家へ潜《もぐ》り込ませたジョンにより、クラリッサが腹違いの妹フリーダを虐めているとの情報を得た。侯爵の愛人として囲われていた母親と暮らしていたフリーダは、母が亡くなったためフェルスター侯爵家へ引き取られたそうだ。

侯爵の正妻は、内心はどうあれフリーダを貴族令嬢として待遇《たいぐう》している。だがクラリッサは彼女が気に食わず、親の目を盗んで彼女の私物を取り上げたり、暴言を吐いたりしていた。

私は暗部を使い、この件を噂で広めさせた。クラリッサだけでなく、フェルスター侯爵夫妻もフリーダを冷遇している。屋根裏部屋に押し込めて使用人としてこき使い、言うことを聞かなければ暴力を振るっている、と針小棒大《しんしょうぼうだい》にした内容を。

高位貴族の醜聞。それは貴族たちにとって格好の娯楽だ。噂はあっという間に社交界中へ広がった。フェルスター侯爵は現在、噂の揉《も》み消しに奔走しているらしい。クラリッサは父親にこっぴどく叱《しか》られたそうだ。

娘の所業を黙認していたフェルスター侯爵夫妻にも、非はあると思うけれどね。

「あら、噂をすれば」

「クラリッサ様、ごきげんよう」

「……ごきげんよう、皆様」

取り巻きも連れずこそこそと教室に入ってきたクラリッサは、にこやかに挨拶した私をひと睨みしたあと、口惜《くちお》しそうに口をつぐんだ。

社交界で悪評が広まってしまった以上、今までのように大きな顔はできないわね。もう私へ絡んでくることもないでしょう。いい気味だわ。

醜聞による印象操作は、前世の私がよく使った手だ。いわば私の十八番。

この世界にはSNSやインターネットがないのでどこまで広がるかは心配だったけれど、思った以上に拡散した。皆よほど娯楽に飢えているのかもしれない。そして噂というものは、大抵より過激な内容へと尾ひれがつくものなのだ。

策が上手《うま》くいくのは、いつだって気持ちいいわね。

それに、あのクラリッサの顔ときたら……！　ビールで乾杯したいぐらいだった。この世界にビールが存在しないのが口惜しいわ。

◆◇◆◇◆

王都ロームスァの中心街、ビィゼは今日も買い物に訪れる客で賑《にぎ》わっていた。だが一歩裏道に入れば、死んだ魚のような目をした子供たちや浮浪者が座り込んでいる。その周囲には腐った側溝《そっこう》のような臭《にお》いが漂っており、私は思わず顔を顰《しか》めた。

「お嬢様、このような場所へ近づいてはなりません」

「分かってるわ、ロッタ」

護衛騎士のロッタが強引に私を表通りへと引き戻した。

今日はお忍びで街へ繰り出している。

侍女や護衛騎士には「侯爵令嬢が街を出歩かれるなんて」と反対されたが、「未来の王太子妃として、平民の暮らしを直《じか》に見ることも必要よ」と押し通した。

カサンドラは生粋《きっすい》の貴族令嬢だから、街を出歩いた経験はない。移動は馬車でドアtoドアだし、欲しい物があればお抱え商人を呼び寄せれば済む。だけど私は、この世界の大半を占める一般庶民《しょみん》がどんな生き方をしているのか見てみたかった。

表通りは大賑わいで、美しい布を並べた服店や、スイーツが売りのカフェなんかがたくさん並んでいる。紋章《もんしょう》入りの馬車が停まっているのも見かけた。どこぞの貴族が訪れているのだろう。

しかし通りを少し外れたところに並ぶのは、平民向けの八百屋《やおや》や雑貨屋だ。店の中は小汚くて足を踏み入れるのを躊躇《ためら》うほど。店員はお仕着せどころか普通の服装で、穴を繕った跡すら見える。貧富格差の縮図のような街だわ。

王都ですらこうなのだ。地方都市は言わずもがなだろう。

一方で私を含めた貴族たちは好きなように食べ、好きなように物を買い、捨てる。改めて身分制度というものを思い知る。現代の日本で生まれ育ったことが、どれだけ恵まれていたのかということも。

「見たところ、疫病はまだ広まっていないようね」

暗部に命じてアンテナを張り巡らしているが、今のところは地方でぽつぽつとそれらしい病人がいるくらいだ。聖女の召喚まで残り2年弱。疫病の流行は早ければ来年あたりか。時間が潤沢《じゅんたく》にあるとは言えないわ。今のうちにやれることはやっておかないと。

「そろそろ戻りましょう、お嬢様」

もう1人の護衛騎士フィンに促されて馬車へ戻ろうとした時、広場の方からわぁっという騒ぎ声が聞こえた。

興味を引かれて広場へ立ち入ると、人々がサッと場所を空けて私たちを通してくれた。一応、平民が着るようなワンピースにしてポシェットを携《たずさ》えてはいるけれど……まあ、護衛騎士を2人も連れている時点で貴族令嬢とバレバレか。

広場の真ん中には勢いよく水を吹き出す噴水《ふんすい》があり、その前に仮装をした男の子が2人。大道芸人のようだ。先ほどの歓声は、彼らに向けられたものだったらしい。

「ここではよくああいう芸人や歌手なんかが、芸を披露《ひろう》して小銭を稼《かせ》いでるんです」

とフィンが教えてくれた。足の裏でボールを操ったり、リングを手品師のように何個も回したり。まだ小学生くらいの年齢なのに器用なものだ。

彼らの見事な芸に気を取られていたのだろう。かすかな衝撃に気付いて下を見ると、ポシェットの下に穴が空いており、そこから荷物がこぼれ落ちていた。

「あら？　おかしいわね。破れていたのかしら。新品なのだけれど」

「お嬢様、スリですよ！」

「お怪我《けが》はありませんか!?」

「ええ、身体には触れられていないわ」

言われてみれば、ポシェットには刃物で裂かれたような傷がついていた。

人混みに紛《まぎ》れたとはいえ、騎士たちの目を盗んで私へ近づくなんてなかなかの腕前だわね。

フィンが右の方角を指して「あいつだ！」と叫ぶ。私のお財布《さいふ》を持って走っていく、帽子を被《かぶ》った子供の背中が見えた。

「追いかけます！　ロッタ、お前はお嬢様を」

「待ちなさい、フィン。どのみちあの財布に大したお金は入ってないわ。それより、あの大道芸人の子たちを捕まえなさい」

「は……？」


「上手くやったか、セルマ」

「ああ。あの女、デニスとエルマーの芸に気を取られてボケッと立っていたから簡単だったよ」

裏道の最奥にある薄暗い吹き溜《だ》まり。そこに数人の浮浪児とおぼしき子供が集まっている。セルマと呼ばれた子が財布を取り出して、中身をジャラリと地面へ放り出した。

「なんだよ、小物しか入ってないじゃないか！」

「金持ちっぽいお嬢さんだったのに。ちぇっ。これじゃ働き損だ」

「お嬢様が現金を持ち歩いているわけないでしょう」

私の声に浮浪児たちが振り向く。一瞬驚いたものの、彼らはすぐに身構えた。中にはナイフを構えている者もいる。

修羅場《しゅらば》慣れしてるわね、この子たち。

スったのは男の子かと思ってたけど、声からすると女の子のようだ。髪が短いし帽子を被っているので気付かなかったわ。

「なんのことだ？　アタシたちは、ただ落ちていた財布を拾っただけで」

「貴方たち、芸人の子の仲間なんでしょ？　彼らが吐いたわよ」

私の後ろから、それぞれの肩に男の子を乗せたフィンとロッタが姿を現した。

芸で目を引いている間に、他の仲間がスリを実行する。典型的な手口だわ。

「うわーん！　ごめんよ、セルマ」

「てめぇ、私たちの仲間に何しやがった！」

「あら。悪い子にお仕置きするのは当然でしょ？」

担《かつ》がれた子供たちの顔は赤く腫れている。なかなか仲間の居場所を吐かないから、フィンに命じてちょっとだけ痛めつけたの。

子供に暴力を振るうのは好きじゃないけど、お仕置きなら仕方ないわよね。

「ところで、貴方たちのリーダーは誰？」

「リーダーってなんだ」

「この作戦を考えた人ってこと」

「アタシだよ。それがどうしたってんだ。衛兵に突き出す気か？」

「やっぱりそうなのね。フィン、お願い」

「はっ」

フィンは抱えていた男の子を放り出すと、代わりにセルマを捕まえた。孤児たちは慌てて彼女を取り返そうとするが、ロッタにあえなく投げ飛ばされる。いくら彼らがすばしっこくても、訓練を受けた騎士に敵《かな》うわけがない。

「何するんだ、離せ！　この人攫《さら》い！」

「失礼ね。大人しく言うことを聞けば、すぐに返してあげるわよ」


「野郎、こんなところに連れてきやがって！　アタシをどうするつもりだ！」

頭から被せられた袋を外した途端、セルマは私に向かって吠《ほ》えた。縛った縄《なわ》から抜け出そうとぐねぐね動いている様が芋虫《いもむし》のようで可笑《おか》しい。

ここはヴェンデル侯爵邸の地下室だ。ちなみに地下牢もある。

なぜ屋敷にそんなものがあるのかは……お察しだ。

別にそれが悪いとは言わないわ。筆頭侯爵家であり続けるために、正道だけでやっていけるはずはないもの。

ちなみに地下室への入り口は屋敷の裏庭にある。その場所は侯爵家の者と執事、暗部しか知らない。セルマに袋を被せたのは、入り口の場所を知られないためだ。

「あらあら。女の子なのに口が悪いこと」

「貴様、この方はヴェンデル侯爵家のご令嬢だぞ。口を慎《つつし》め」

「はん。どっかの商家のお嬢さんかと思ってたら、お貴族様だったのか。道理でトロいわけだ」

「お嬢様に対してなんと無礼《ぶれい》な！　この浮浪児がっ」

フィンがセルマの顔を殴ったが、彼女は怯《ひる》むことなくペッと唾《つば》を吐き、私を睨みつけた。

「それで？　さっきの仕返しをしようってのか。やってみろよ」

「仕返しなんてしないわ。貴方、セルマと言ったかしら。私に仕えなさい」

「は……？」

セルマがぽかんとした。そりゃそうなるわよね。

まさか侯爵令嬢が浮浪児を雇うなんて、この場の誰も想像してなかったでしょう。

「ふざけるな！　誰が貴族の飼い犬になんてなるかっ。どうせ使い潰してゴミみたいに捨てるつもりだろ！」

「あら。私はこれでも貴方を評価しているのよ？」

作戦を立案し、実行する手腕と頭脳。仲間たちを率《ひき》いるリーダーシップ。そしてこの度胸《どきょう》。

有能な人材は積極的にゲットしなきゃね。

それにしても、飼い犬ってのは良い表現だわ。

「お嬢様。このような浮浪児に話をするだけ無駄です。それに、身分保証もない者をお嬢様の傍へお仕えさせるわけには」

「黙りなさい」

「はっ」

ロッタが横から口を挟《はさ》んだが、即座に却下した。

私の好きに動かせるのは今のところ、暗部の２人だけ。もっと手駒が欲しいのよ。

「貴族なんて、平民から稼ぎを搾《しぼ》り取って贅沢《ぜいたく》してるだけじゃないか。そんな奴らに協力なんてするもんか」

「当然じゃない。私たちと貴方がたは違うもの」

貴族が豪奢《ごうしゃ》な屋敷に住んで大勢の使用人を抱え、ゴージャスな衣服を着ているのは、そうする必要があるから。

貴族はいわば地方領主だ。領主がみすぼらしい格好をしていたら、他の領主や他国から舐《な》められてしまう。権威があってこそ、その地位を保つことができるのだ。権威を失った貴族など、あっという間に他の貴族や商人から食い物にされるだろう。だから体裁《ていさい》を取り繕うのよ。

まあ、中には好きで贅沢している者もいるでしょうけど。

「やっぱりな！　そうやってアタシたちを見下してるじゃないか」

「少なくとも私は、貴方たち民衆を大切に思っているわよ？」

人は重要な資源ですもの。

前世でも私は社員を適切に扱う経営者だったと自負している。人材、特に有能な社員は代えがたい資源《リソース》だ。

この世界において、産業の担《にな》い手のほとんどは平民だ。お父様だって本音では平民のことを野良犬くらいにしか思ってないだろうけれど、少なくとも彼らが適切に生活できるように尽力《じんりょく》している。

していいるわ。彼らなくして貴族の生活が成り立たないことを、まともな領主であれば理解している。

「おためごかしだ、そんなの。だったらなんでうちの父ちゃんは死んだんだ」

セルマ曰《いわ》く、幼い頃は父親と暮らしていたらしい。だが労役《ろうえき》に駆り出された先で父親は死に、彼女は弟と共に路頭に迷うことになった。

5年前ということだから、その労役とはロアーネ川の堤防工事のことだろう。大規模な工事だったため、かなりの人数を平民から徴集《ちょうしゅう》したはずだ。賃金はきちんと払ってはいたが、相当に劣悪な労働環境だったと聞く。

だけどそんなもの、私にとっては八つ当たりでしかない。堤防工事は国王陛下の政策だもの。それに、新しい堤防のおかげでたび重なる洪水《こうずい》が収まったのも事実。

「私たちがただ搾取《さくしゅ》しているだけと思っているのなら、それは認識違いというものよ。貴方がた平民が生活していけるように産業を活性化させ環境を整え、時には他領や王家とだって折衝《せっしょう》することもある。それが私たち貴族の役目。貴方たちはその恩恵を受けているのよ」

「……アンタの言うことはよく分からない」

上に立つ者とその下にいる者では目線が違う。平民、しかも最下層にいる彼女が理解できないのは仕方ないのかもしれない。これ以上の議論は無駄ね。

「まあいいわ。本題に戻りましょう。私、貴方が気に入ったの」

「だから貴族の犬にはならないって言ってんだろ」

「あら。貴方は頭の良い子だと思っていたけど……買いかぶりだったかしら？」

私は扇《おうぎ》でセルマの顎《あご》をくいっと持ち上げた。

「考えてみなさいな。ここで『はい、仰《おっしゃ》る通りにします』と答えれば、貴方はここから出られる上に盗みなんてしなくてもいいだけの給金が与えられるのよ。仲間たちを養ってあげることもできるでしょう」

「嫌だと言ったら嫌だ!!」

「そう。仕方ないわね。……フィン、そっちの子たちを痛めつけなさい」

「はっ」

地下室に転がるもう2つの袋。こういう時のため、転がっていた浮浪児を拾ってセルマのついでに連れてきたのだ。

フィンとロッタがそれぞれ袋を足で蹴《け》り上げる。袋の中から悲鳴が漏《も》れ出るが、構わずに蹴り続けさせた。「痛いよう」「やめて、やめてっ」と悲痛な声が地下室へと響く。

「さあ、どうする？　あの子は貴方の仲間でしょう。このまま蹴り続けられたら、死んでしまうわよ？」

「やめろっ！　悪かった、財布なら返すから……」

「別にあんな安物、なくしても構わないわ」

「ならなんでこんなことをっ。あいつらを殺して、アンタになんの得があるんだ！」

「別に得はないけれどね。ちょっと気が晴れるくらいかしら。そもそも貴族である私の持ち物に傷をつけた時点で、貴方たちは殺されても仕方ないのよ？」

「っ……この、悪女……！」

私を睨むセルマの目には憎悪《ぞうお》がこもっている。

悪女？　私にとってそれは、最高の褒め言葉よ。

「これに懲《こ》りたらカモにする相手はよく選ぶことね。さあ、どうするの？　貴方がはいと答えれば、あの子たちは助かるわよ。私はどっちでもいいのだけれど」

セルマは何も答えない。私へ嫌悪を向けながらも、その顔は逡巡《しゅんじゅん》しているように見える。もう一押しね。

「別に心から臣従しろとは言ってないわ。貴方が私を殺したいくらい憎んでいたとしても構わない。私の指示に従ってきちんと働けばいいだけよ」

「アタシに何をさせる気なんだ。人殺しか？」

「いいえ」

殺しなんて命じるつもりはないわ。今のところはね。

「簡単な仕事よ。街の噂を聞き回ったり、人や物を探したり。逆に噂を広めてもらう場合もあるかしらね」

「……分かった。言う通りにするよ」

私はフィンに命じて、セルマの縄をほどかせた。

「顔を冷やすものを持ってこさせるわ」

「別にいい。このくらい、慣れてる。それより本当なんだろうな。言うことを聞けば賃金をくれるって」

「勿論よ。毎月銀貨3枚。成果次第ではもっとあげてもよくてよ？」

「銀貨じゃなくて銅貨でくれ」

「あら、どうして？」

「お嬢様はやっぱりなんにも分かってないんだな。アタシたちみたいなのが銀貨を持っていたら、どういう扱いを受けると思う？」

ああ、そうか。私としたことが、考えが至らなかったわ。

浮浪児がそんな大金を持っていたら、あっという間に奪われるだろう。

「分かったわ。銅貨60枚。先払いで15枚。残りは週1回、成果報告の際に渡すということで如何《いかが》かしら」

「交渉成立だな。で、アタシは何をすればいいんだ？」

◆◇◆◇◆

「……我が国は小麦の自給率が低いんだ。だから、いずれは小麦の作付け面積を増やしたいと思っている。勿論各領主の協力は不可欠だね。さらに小麦を使った加工品の開発を促進すれば、新たな産業を起こせると思う」

金髪に碧《あお》い目の少年がキラキラと目を輝かせながら喋っている。10歳くらいだろうか？　大人びたことを言っているが、無理に背伸びしている様子が微笑ましくもあり、また少しだけ痛々しいとも感じる。

「すごい！　殿下はまだ11歳なのに、そんなことまで考えていらっしゃるなんて」

「いずれは国王になるんだ、当然だよ。常にこの国のことを考えなければならない」

「ご立派ですわ。私もいっぱい勉強します！　ライナルト殿下をお支えできる妃になれるように」

少年は少し照れたように「ありがとう」と微笑んだ――

「お嬢様、到着しました」

トントンと馬車の戸が叩かれ、御者《ぎょしゃ》が扉《とびら》を開く。護衛騎士ロッタが差し出した手を取り、私は馬車から降り立った。

ようやく実り始めた作物が並ぶ畑の中に、ポツンポツンと立つ貧相《ひんそう》な家々。ここはヴェンデル侯爵領の中にあるフゥリ村だ。侯爵領は王都に隣接しているため、行き来するのは比較的容易である。けれどこのフゥリ村は領地の端にあるので、馬でも移動に丸1日はかかる。

今日は近隣の子爵家に泊まらせてもらう予定で、侍女のヘレナも同行している。常に冷静な彼女だが、その瞳には不満の色がありありと浮かんでいた。大方、「なんでこんな田舎《いなか》へ……」とか思っているんでしょう。

村をひと回りしている間、人の姿は見かけなかった。先触《さきぶ》れを出しておいたから村長が外出禁止を命じたのだろう。だけど窓や戸の隙間《すきま》から視線を感じる。貴族令嬢がよほど珍しいのでしょうね。普通のご令嬢は、こんな辺鄙《へんぴ》なところへは来ないもの。

「まあ」

裏手へ足を踏み入れた私は思わず声を上げた。そこには黄色い花を鈴なりにつけた野花が一面に生い茂っていたからだ。

風に揺れる草のさわさわという音と、揺れる花弁に心が洗われる。

今朝《けさ》見た嫌な夢のせいでどんよりしていた気分が晴れるわ。

あれはおそらく、幼いカサンドラの思い出。

もしあの時点で転生前の記憶を取り戻していたら、ライナルトの妄言《もうげん》を鼻で笑っていたでしょうね。壮大なことを言っている割に、それがどれだけ実現困難なことかを全然理解していないんだもの。

「この村の村長、ベックと申します。このたびは、侯爵家の方にこのような僻地《へきち》までご足労《そくろう》いただきまして」

「来たいと言ったのは私ですもの。気苦労をかけてしまったわね」

「ああ、いえ。とんでもございません！」

ベックが汗を拭《ふ》き、しどろもどろに答える。

領主の娘が突然訪れたのだから動転するのも無理はない。どんな無理難題を言われるのかと、内心は戦々恐々《せんせんきょうきょう》なのかもしれないわね。

「それで、本日はどのようなご用件でしょうか」

私の目配《めくば》せで察したヘレナが、持参した書類をベックへ渡した。

「えーと……病の……たいさく？」

この国では平民の識字率が低い。村長は字が読めると聞いていたが、この様子だと簡単な読み書き程度のようね。

識字率の向上は今後の課題だわ。……それはまたいずれ。

私は書いてある内容を読み上げた。


――外出から戻った際は、必ず手を洗い口をゆすぐこと。

――あまり人混みには近寄らないこと。

――病にかかった者は別の場所へ隔離し、出入りする人間は最小限にすること。

「辺境の方で最近、疫病が流行っているらしいの。いずれは内地へ広がるかもしれないわ。だからこの対策を行って欲しいのよ。他国の偉いお医者様が考え出した予防策なんですって」

「はあ……」

私がバニーに命じた仕事。それは流行感冒《かんぼう》に関する文献の調査だ。目的の記述は他国の文献で見つかった。その国では100年ほど前に、似たような病が流行ったらしい。文献にはこの対策により、流行を最小限に抑えられたことが書かれていた。

この世界には衛生や予防という概念がないのだ。手洗いうがいに病人の隔離――現代では当たり前のことが行われていない。病にかかったらやることは薬を飲むくらい。金のない平民に至っては、神に祈るしかない。

だからといって私自身が予防策を提唱したところで、奇異な目で見られるだけだろう。ならば、実績のある記録を提示するしかない。

文献を手に私は父へ直談判《じかだんぱん》した。領地内で試させて欲しいと。

父はいぶかしげな様子ではあったが、許可を出した。特産物があるわけでもない小さな村だ。最悪、この村が全滅してもさほどの損害はないと考えたらしい。

村長も半信半疑の様子である。貴族のご令嬢の気まぐれくらいに捉えているのでしょうね。

「定期的に視察を寄越すから、しっかりと徹底させて頂戴。きちんと実践できていたら、年明けに褒賞《ほうしょう》を出すわよ。村人1人につき、金貨1枚でどうかしら」

「えっ」

村長の目の色が変わった。彼らが数カ月働いても、稼げるのは金貨1枚に届くかどうかといったところだものね。

「わ、分かりました！　村人たちへ命じて、必ずや仰せの通りにさせます！」

そのくらいの金額なら、私のポケットマネーでなんとかなる。

この村は私の実験場だ。絶対に結果を出さなければならないのだから、手段は選ばないわ。

「頼んだわね。……あと、裏手に生えている花のことだけれど」

「ああ、ニルチナ草ですな。この季節はあのように花が咲くのです。見た目は綺麗《きれい》ですが使い道もないので、放置してるんですよ」

「あの花を収穫して、干して欲しいの。大人が手一杯なら子供にやらせなさい。そのくらいなら、子供でもできるでしょ？」

「はあ、それは構いませんが……」

「ニルチナを干して煎《せん》じたものは薬茶になるの。これもそのお医者様の本に書いてあったのよ。村人へ広めて、毎日飲ませるようにして頂戴」

最初は緩《ゆる》やかだった病の流行は、時が経つに連れてどんどん勢いを増した。死者は増える一方。辺境から始まったそれは王都にも蔓延《まんえん》しつつある。貴族の中には門戸を閉め、引きこもる者まで現れる始末だ。

王宮も事態を重く見て医師の増員や薬の量産などを行っているが、芳《かんば》しい効果は上がっていない。その一方で、ヴェンデル侯爵領だけは流行が抑えられていた。勿論ゼロではないが他領に比べてはるかに少ない。

なぜかと言えば、私の提唱した予防策を領内へ周知徹底したからだ。

先んじて対策を行ったおかげで、フゥリ村では病人がほとんど出なかった。その結果を父へ報告し、領地で同様の策を行うことを提案した。慎重な父はすぐには信じず、フゥリ村へ側近を派遣《はけん》。私の言が正しかったことを確認したのち、すぐに領地全体へ同じ対策を行うことを通達した。その頃には我が領でも病人がじわじわと増えていたけれど、彼らを隔離し他領との行き来を制限したことで拡大は抑えられた。

この迅速《じんそく》な行動力は流石《さすが》としか言いようがないわ。今のところ侯爵令嬢に過ぎない私には、まだまだ父のような力はない。

このままでいるつもりはないけれどね。いずれは父を越える権力を掌握《しょうあく》してみせるわ。

今、フゥリ村は疫病対策のモデルケースとして注目されている。さらにニルチナ草が薬になると分かって、村人総出で収穫しているらしい。なんの特産物もなかった村が新しい収入源を得たのだから、一石二鳥《いっせきにちょう》だったわ。

ニルチナ草の薬湯《やくとう》に病魔を抑える力などない。あるのは、免疫力《めんえきりょく》を高める効能だけ。特効薬が存在しない以上、身体が持つ力で打ち勝つしかないのだ。これもあの文献に書かれていたこと。この世界にはない免疫力という概念。著者も現代からの転生者だったんじゃないかしら。

異世界の住人に衛生に対する概念を広げ、満足な薬もない状況で原生植物から数々の効能があるものを探し当てた。その途方もない根気強さには頭が下がる。書かれていた日付は１００年前だったから、著者はもう生きてはいないだろう。生きていたら高待遇で雇いたかったわ。

有能な人間は好きよ。私の役に立つもの。

有能といえば、バニーの働きはめざましかった。フゥリ村を見つけてきたのも彼女だ。辺鄙で人の出入りが少ないこと、またニルチナが大量に植生していることから私の求める条件を満たすと判断したらしい。文献を見つけてきたことといい、新人とはいえかなり優秀だ。彼女の給与を上げるよう、父へ打診してみようかしら。

上司として彼らの労にはきちんと応えないとね。

父は疫病対策が著《いちじる》しい効果を上げたとして陛下へ献言した。筆頭侯爵の父の言だから、陛下や重臣たちも耳を傾けたそうだ。これで国中に対策が広まれば、時間はかかるだろうがいずれは病を抑え込むことができるだろう。

手柄を父に持っていかれるのは少々癪《しゃく》だが、私には聖女を追い落として断罪を阻止するという最終目標があるのだ。目先の利益に囚《とら》われるわけにはいかない。

小説通りであれば、聖女の召喚まであと半年。

見てなさい。聖女の活躍する場なんて与えないわ。全部、私が潰してあげる。

◆◇◆◇◆

涼《すず》やかな風が木々の葉を揺らしている。夏の日差しに汗ばんだ肌の不快感が消えていくようだ。

ここは貴族学院の中にある庭園。学院には数個の庭があり、設《しつら》えられた東屋《ガゼボ》や椅子は生徒たちに人気のスポットだ。休憩時間ともなれば争奪戦になる。だが、私が今足を踏み入れた庭は放課後にもかかわらず人の姿がなかった。少し奥まっていて、椅子が設置されていないため人気がないのだろう。

放課後に取り巻き……いえ、友人たちと勉強会をするはずだったのだけれど、友人の１人が体調不良になり取りやめとなった。家へ使いを出したものの、うちの馬車だけなかなか来ない。護衛騎士の準備に手間取《てまど》っているのかもしれない。

「我が家の馬車でよろしければお送りしますが」と言ってくれた子もいたけど、丁重《ていちょう》にお断りした。王太子の婚約者である私は、自宅と学院以外の場所では常に護衛を同伴しなければならない。護衛騎士が迎えに来るまではここから動けないのだ。

学院内が１００％安全なのか？　という疑問はあるけれど……学生でもない護衛を教室へ入れることはできないものね。その代わり、入場者は相当厳しくチェックされるらしいわ。

そんなこんなで迎えが来るまで手持ち無沙汰《ぶさた》となった私は、学内を散歩していた、というわけ。しばし目を閉じ、さわさわという葉の音や水路を流れる水音に耳を傾ける。たまにはこういうゆったりした時間も悪くないわね。

なんて考えに浸《ひた》っているところへ、「しつっこいんだよ！」という男の怒鳴《どな》り声と、バシッと何かを叩く音が聞こえてきた。

人がひとときの安らぎを満喫《まんきつ》している時に、なんなのよ。はた迷惑な。

「このままではコンラート様の将来に差し障ります。どうか……」

「婚約者面《づら》して俺へ口出しするな！　お前みたいな地味女《じみおんな》、顔を見るだけでイライラする。二度と学内で俺に話しかけるなよ！」

痴話喧嘩《ちわげんか》かしら？

声がした方へ近寄ってみると、男子生徒に追いすがる女子生徒の姿があった。令嬢の方は見覚えがある。生徒会書記のペトラ・フィーグラー子爵令嬢だ。彼女の頬が赤く腫れていること に気付き、私は顔を顰めた。先ほど聞こえたのはペトラがあの男に叩かれた音だろう。

「おやめなさい。女性に手を挙げるなど、紳士のやることではありません」

手を挙げてまたペトラを叩こうとする令息――コンラートと呼ばれた男に、私は声をかけた。

「うるさいな、部外者は黙って……あっ、ヴェンデル侯爵令嬢⁉」

「何が原因で揉めているかは知りませんけれど、女性への暴力を黙って見ているわけにはいきませんわ」

私が発した圧に、コンラートは「いえ、その」と狼狽《うろた》え出した。侯爵令嬢かつ王太子の婚約者である私に口答えするのがどれほど危険なことかくらいは、この愚《おろ》かな男も理解しているらしい。私は彼に向かって閉じた扇を振る。ここから立ち去れという合図《あいず》だ。コンラートは「し、失礼します……」と愛想笑《あいそわら》いを浮かべながら去っていった。

「ペトラ様。大丈夫かしら？」

「え、あ、はい。ありがとうございます」

ペトラは目に見えてビクビクしている。

助けてあげたのに、なんでこんなに怯《おび》えているのかしら？　……と首を傾《かし》げた私だったが、すぐにその理由に思い当たった。原因は私だ。

ペトラは入学以来、期末試験で常に5位以内を維持するほど優れた生徒だ。その優秀さを買われ、下位貴族でありながら生徒会書記に選ばれたのである。しかしカサンドラはそれに大層不満を持っていた。自分だって生徒会に入りたかったのに。そうすれば、生徒会長であるライナルトの側にいられるから。

だけどカサンドラの希望は却下された。王太子妃教育や公務があるのだから、そちらを優先するべきだ、と。

王太子であるライナルトが公務と生徒会の仕事を両立しているのに、私にそれができないはずはない。それに講師陣からはお教えすることがほとんどないと太鼓判《たいこばん》を押されるほど、カサンドラの教養は完璧だった。

当たり前だ。父は娘を王太子妃にするべく、幼い頃から金をつぎ込んで教育を施したのだから。またカサンドラ自身もライナルトの良き妻になるべく、必死で勉学に取り組んでいたのだ。

おそらく課外時間までカサンドラに付きまとわれたくないライナルトが、もっともらしい理由で断らせたのだろう。その結果、カサンドラの矛先《ほこさき》はペトラへと向かった。生徒会へ入れなかった逆恨《さかうら》みもあるが、自分以外の女が婚約者の近くにいることが気に食わなかったのだろう。

子爵令嬢如きが生徒会に入るなんて、と罵倒《ばとう》したこともある。

怯えられるわけだ。何をやってるのよ、カサンドラ《わたし》。

私は震《ふる》えて口を閉ざすペトラを宥《なだ》めすかし、ようやく事情を聞き出した。

コンラート・バウマン子爵令息とペトラは親が決めた婚約者だ。ペトラの実家、フィーグラー子爵家は領内に鉱山《こうざん》を持っており、子爵家ながらなかなかに裕福だ。そこへ取引を持ちかけてきたのがバウマン子爵家。運輸に強いバウマン家と提携することで鉱石販売ルートの拡大が見込めると判断したフィーグラー子爵は、バウマン子爵と事業提携を結んだ。その証《あかし》がバウマン家の嫡男であるコンラートと、フィーグラー家の長女ペトラの婚約だったのである。

だがコンラートは、婚約当初からペトラを嫌っていた。お前のように地味な女が婚約者なんて最悪だと、会うたびに罵倒されたらしい。さらに学院へ入ってから、彼は学内で複数の令嬢と恋愛関係になった。令嬢を連れていかがわしい場所へ出入りすることもあるらしい。

フィーグラー子爵にコンラートの素行《そこう》が知れたら、両家の関係がこじれるかもしれない。もし婚約が解消されてしまったら、せっかく軌道に乗った事業も駄目になる。既にかなりの投資を行っているのだ。事業取りやめともなれば、フィーグラー家にとってもかなりの痛手《いたで》になる。

だからペトラは必死でコンラートを諫《いさ》め続けた。だが彼は聞く耳を持たず、「嫉妬してるんだろ？　醜女《しこめ》のくせにみっともないな。鏡で自分の顔を見てみろよ」と嘲笑うだけ。

私は取り巻きの令嬢たちに、コンラートの情報を集めさせた。彼女たちの人脈を使って聞き取りを行った結果、ペトラの言い分は間違っていない、むしろもっとひどい状態であることが分かった。

学年問わず彼に口説《くど》かれた令嬢は多数。勿論、ほとんどの令嬢は相手にしなかった。貴族のご令嬢ならば、当然婚約者がいる。だけど学生の間くらい、ひとときのアバンチュールを楽しんでもいいだろと口説かれたご令嬢が何人か引っかかったようだ。

コンラートは屑《くず》のくせに見目《みめ》だけは良いものね。それに実家のバウマン子爵家は裕福だから、あわよくばと思っている令嬢もいるのじゃないかしら。私だったらどんな好条件を提示されても御免《ごめん》だわ、あんな男。

コンラートは勿論だが、恋人関係にある令嬢たちも周囲から距離を置かれつつある。不運にもそんな令嬢の1人と婚約していた令息は、水面下で婚約破棄に向けて動いているらしい。

学生とはいえ、ここは貴族社会の縮図。悪評は一生ついて回る。ひとときの楽しみの代償《だいしょう》は大きいのだ。そんなことも分からない、頭と股《また》の緩い女だからあんな屑に引っかかるのよ。

「ペトラ様、貴方の意志を聞きたいわ。あんな男と婚約を続けたい？　家のことを抜きにして、よ」

「自分なりにコンラート様を慕うよう努力してきましたが、あんな風に嫌悪を前面に出されては……。でも、どうしようもありません。これは家同士の話ですから」

「事業に問題がなければ、別れてもいいってことね？　それなら、私がなんとかできるかもしれないわ」

中庭へ呼び出したペトラに向かって、私は極力優しく話しかけた。

「カサンドラ様。どうして私にそこまで……？」

「貴方には以前、ひどい態度を取ったことがあるでしょう？　申し訳ないと思っていたのよ。だから、そのお詫《わ》びだと思って頂戴な」

本当は詫びなんて全く思っていないけれどね。純粋に興味を惹《ひ》かれただけ。

別に他者の痴話喧嘩に介入する趣味はない。若いうちの放蕩《ほうとう》くらい好きにすればいいと思う。だけどまともな令息なら、多少のおイタはしても婚約者を優先に扱うはずよ。政略結婚が家にとってどのような意味を持つのか、理解していれば。

ペトラとコンラートの婚約は事業提携の一環。子爵家の嫡男であるというのに、彼はその重要性を全く分かっていない。

一人息子らしいから、多少の我が儘は許されると思っているのかもしれないわね。

私、自分の役割を果たそうとしない人間は嫌いなのよ。

それにペトラを味方に引き入れたら、生徒会の動きを把握《はあく》しやすくなるじゃない。

そっちが本音だろうって？　当たり前でしょう。私は無駄なことはしない主義よ。


花の咲き乱れる庭園に設えたテーブルには、色とりどりのスイーツとお茶。その周囲では令嬢たちが会話に勤《いそ》しんでいる。

今日は我が家のガーデンパーティだ。

参加者は私の取り巻きや、ヴェンデル家の寄り子である貴族のご令嬢。正装とまではいかないが、着飾った彼女たちを眺めているだけで目の保養になりそうだ。

「そんなに緊張しなくてもいいわ。今日は本当に内輪の催《もよお》しなのだから」

「はい……ありがとうございます、カサンドラ様」

初めて参加したからだろう。少し居心地《いごこち》が悪そうなペトラに、努めて優しく声をかける。

今日のペトラは襟《えり》の大きな薄青色のドレスを着用している。華奢《きゃしゃ》な身体にふんわりと広がるドレスがよく似合う。さらに眼鏡《めがね》を外し、化粧を施してそばかすを消したペトラは見違えるように美しかった。服の見立ては私だが、化粧はヘレナによるものだ。完璧な仕事だわ。ま、私の侍女なんだからこのくらいは当然よね。

開始して1時間ほど経った頃だろうか。突然、ドカドカという足音を立てながら男が乱入してきた。押しのけられた令嬢が悲鳴を上げ、場が騒然となる。近くで待機していたロッタとフィンが即座に私の前へ立った。

「ペトラ！　婚約解消ってのはどういうことだ！　醜女のくせに生意気なっ……」

「バウマン子爵令息。何か御用でしょうか」

「お前……ペトラか？」

冷静に闖入者《ちんにゅうしゃ》を見据えるペトラ。一方で、コンラートは呆気にとられた様子で彼女を見つめている。

「バウマン子爵令息といえば、賭博《とばく》行為に手を染めて謹慎《きんしん》処分になったのでしたわね」

「美人と見れば口説こうとするとも聞いていますわ」

令嬢たちは眉を顰め、ヒソヒソとコンラートの悪口を囁《ささや》いた。噂はしっかり広まっているようね。

我が国において賭博行為は違法ではないが、貴族学院では禁じられている。

私は暗部に命じ、酒場にいたコンラートを賭博へ引き込んだ。見目の良い酒場女を用意して誘わせたらほいほいついてきたらしい。さらに賭博のオーナーに金を握《にぎ》らせ、最初は彼を勝たせるようにし向けた。大勝ちに気をよくしたコンラートは、すっかり賭博にはまってしまったのだ。簡単すぎて笑っちゃうわ。

そして私は、コンラートが賭博場に出入りしていることを学院へ報告。彼は1カ月の謹慎停学処分となり、父親にしこたま怒られたらしい。

さらに私の頼みでキーンツェル伯爵がフィーグラー家とバウマン家の仲介に入った。現在は事業提携に影響がないように、穏便《おんびん》な婚約解消を交渉中だ。

ちなみにキーンツェル伯爵は私の母方の叔父《おじ》であり、ヴェンデル侯爵家の寄り子でもある。父ならばもっとスムーズに事を運べただろうけど、我が家にとってはなんの旨《うま》みもない話だから父はおそらく動いてくれなかっただろう。

「と、とにかく！　婚約解消を撤回《てっかい》しろ。このままじゃ俺は家から追い出されてしまう」

「それについては父にご相談下さいませ。私がどうにかできるものではありません」

「物分かりの悪い奴だな！　お前からフィーグラー子爵に撤回を頼んでくれと言ってるんだ。お前だって、俺との婚約がなくなったら嫌だろう？」

「お断りします。婚約解消は私の望みでもありますから」

「なんだ、拗《す》ねてるのか？　あれだけ浮気についてうるさく言ってきたくせに。俺がモテるから嫉妬していたんだろう？　どうやって化けたか知らんが、だいぶマシになったじゃないか。これなら可愛がってやってもいい」

「私は貴方を慕ったことはありません。ですから、嫉妬というのはお門違《かどちが》いです」

華やかな衣装が彼女に自信をつけさせたのだろうか。ペトラは見違えるように背筋を伸ばし、ハキハキとした声で言い放った。それを聞いた観衆から、クスクスという笑い声が漏れる。

「浮気三昧《ざんまい》に暴力もあったんでしょう？」

「私でもそんな婚約者は御免ですわ」

「それで愛されていると思っていたなんて、随分《ずいぶん》ご自分に自信がおありになるのね」

貴族令嬢らしい棘《とげ》のある言葉が、全てコンラートへ向かう。この場には屑の味方をするような頭の悪い令嬢はいないのよ。残念だったわね。

周囲に嘲笑されていることくらいは、この馬鹿な男も理解できたらしい。コンラートは真っ赤になり、「地味女のくせに……生意気を言うなっ！」とペトラを掴《つか》もうとする。その行為も予測済み。私はその手を扇で払った。

「イタッ！」

「ここをどこだと思っていますの？　貴方を招待した覚えはありませんわ」

「これは俺たちの問題だ！　引っ込んでろ」

参加者たちの息を呑《の》む音が、四方八方から聞こえた。

私が主催したパーティに許可なく乱入し、あまつさえ主催者に暴言を吐く。それはつまり、ヴェンデル侯爵家に喧嘩を売る所業だ。怒り心頭の彼は、そこまで考えが回らなかったのでしょうね。

私の指示で護衛騎士がコンラートを捕らえ、門の外に放り出した。しばらくはうるさく騒いでいたが、門番に脅《おど》しつけられ渋々《しぶしぶ》と立ち去ったようだ。

「皆様、お騒がせして申し訳ございません。バウマン子爵家には厳重に注意致しますわ。どうぞ、このあとも楽しんで下さいませね」

明日にはコンラートの所業が社交界中の噂になるだろう。

勿論、彼の乱入も私の仕込みよ。

今日のガーデンパーティにペトラを招《まね》くことは、さりげなく彼の耳へ届くようにしてあった。そして門番にはコンラートが来たら通すように指示しておいたのだ。

部外者をすんなり通すほど、侯爵家のセキュリティが甘いわけはないでしょう。少しは変だと思わなかったのかしら、あの屑は。

数日後、コンラートはバウマン子爵家から放逐《ほうちく》された。謹慎処分で済ませようとしていた子爵も、ヴェンデル侯爵家の邸宅内で騒ぎを起こしたとあっては庇《かば》えなくなったのだろう。子爵家如きが我が家に睨まれたらどうなるか、子供でも分かる話だもの。

彼とペトラの婚約も無事に解消された。バウマン子爵家は係累《けいるい》から養子を迎え、ペトラの妹と婚約させることになった。当初はペトラと婚約させる話もあったが、年齢的に妹の方が釣り合いが取れるということになったらしい。

「カサンドラ様のおかげです。保証人のことまで骨を折って下さって……なんとお礼を言っていいのか」

ペトラは元々、王宮に仕える女官になりたかったそうだ。だが両親に反対されたため、諦《あきら》めていた。貴族の保証人がいなければ受験すらできないからだ。この件もキーンツェル伯爵に相談し、彼女の保証人を引き受けてもらった。

「あら、いいのよ。それにね、これは貴方のためだけじゃないの。私が王妃になった時、優秀な部下は必要でしょ？　貴方のように有能な女性は貴重だもの」

「……カサンドラ様、少々変わられましたね」

確かに以前のカサンドラなら、こんなことは言わなかっただろう。ペトラのことをライナルトの傍をうろつく目障りな女としか見ていなかったのだから。

「私、先日高熱で死にかけたの。それで色々考えが変わったのかもしれないわ」

今の私は別人だと言うわけにもいかないので、適当に返しておいた。高熱で前世を思い出したのは事実だしね。

「女官の試験、頑張ってね。貴方なら問題ないと思うけれど」

「はい！　私、必ず試験に受かってみせます。いずれ、カサンドラ様のお役に立てるように」

ペトラの表情は眩しいくらいキラキラと希望に満ちている。その瞳に私への敬慕が含まれているのは、思い違いではないだろう。

これで彼女も私の忠実な手駒。

学院内でライナルトたちが妙な動きをしようとしても、ペトラが知らせてくれるだろう。これも全て、計画通りよ。

2章　悪役令嬢、聖女と出会う

「どうしたんだ？　ライナルト。首を傾げて」

　婚約者からの手紙を読んでいた俺に、側近かつ護衛騎士でもあるアレクシスが声をかけてきた。

「アレクシス、殿下と呼べと何度も言っているだろう」

「いいじゃないか、ハインツ。ここには俺たちしかいないんだし」

　アレクシスは気のいい奴ではあるんだが、少しばかり礼儀とか気遣いとか、そういうモノが欠けているところがある。ハインツはそれが気に食わないらしく、時々こうやって苦言《くげん》を呈しているが、今のところ効果は出ていないようだ。

　今この部屋にいる連中は皆、幼い頃から俺の傍に仕えている。幼馴染《おさななじみ》のようなものだ。だからアレクシスが気を許した態度になるのも無理はない。

「だとしても最低限の礼儀は守れ。普段からそういう態度だと、いざという時に地が出るぞ」

「へぇへぇ、分かりましたよ。で、王太子殿下。どうなさったんです？」

「カサンドラから手紙の返事が来たのだが」

「いつもの文句たらたらのヤツじゃないんですか？」

婚約者であるカサンドラとは、月に一度のお茶会で交流することになっている。ただ最近は執務が忙しく、キャンセルさせてもらうことも多い。そして断りの連絡を聞いた彼女から長々しい手紙が届けられるまでがワンセットだ。月に一度の逢瀬《おうせ》を楽しみにしていましたのにと延々と恨み言が綴られていたかと思えば、どんなお詫びをいただけるのか楽しみにしておりますなどと嫌味のようなことが書かれていることも。毎回うんざりするのだが、婚約者からの手紙を読まないわけにもいかない。

だが、今日の手紙は違った。

「畏まりました。お忙しいでしょうが、どうぞお身体にはお気をつけ下さいませ』とだけ。

「いや。なんともあっさりした文言だ」

「へえ、珍しい。いつも長ったらしい手紙を送ってくるか、執務室へ突撃してくるのに」

「……申し訳ございません。姉がご迷惑を」

ローラントが頭を下げた。彼は暴走しがちなカサンドラを止める役なのだ。弟だから仕方ないが、気の毒な役回りである。

「ローラントのせいではない。しかしアレクシスの言う通り、カサンドラの手紙とは思えないな……家中《かちゅう》で何かあったか？」

「いえ、特には。病より回復してから、姉が少々大人びたと侍女が申していたくらいでしょうか」

「言われてみれば……先日挨拶に来た時も、様子が違っているような気がした」

「ふうん？　高熱で死にかけて、思うところでもあったのかね」

「それか、単に押して駄目なら引いてみろということかもしれませんよ」

ルドルフ曰く、市中で出回っている恋愛指南書《しなんしょ》とかいう怪しい本にそういう記述があるという。本好きのルドルフならともかく、侯爵令嬢ともあろうものがそんな低俗な本を読むのか？という疑問もあるが、納得感はある。

カサンドラならばやりそうなことだ。あの娘は、俺の気を引くためならばありとあらゆることをしてきたから。


カサンドラ・ヴェンデル侯爵令嬢と最初に会ったのは10歳の時だ。俺の婚約者を決めることになり、紹介された令嬢の1人だった。

容姿端麗《たんれい》、教養も行儀作法も申し分ないとは聞いていた。尤《もっと》も、高位貴族の令嬢であればそのくらいは当然であるが。

何よりも、俺にはヴェンデル侯爵家の後ろ盾《だて》が必要だった。

俺は第一王子ではあるが、母は側妃《そくひ》だ。下には正妃腹《ばら》の第二王子がいる。だから強力な後ろ盾を得るために、筆頭侯爵家の娘であるカサンドラを妃にと母が強く推したのだ。そうすれば俺は王太子になれるだろう、と。


「お初にお目にかかります、ライナルト殿下。カサンドラと申します」

「ライナルトだ。カサンドラ嬢、顔を上げてくれ」

見事なカーテシーをしてみせた彼女が顔を上げた。美しい琥珀色《こはく》の瞳と視線が交差する。その途端、彼女が顔を赤らめて俺を見つめた。


ああ、またこのパターンか。

俺は内心溜《た》め息を吐《つ》いた。

これまでにも何人かの令嬢と顔合わせをしたが、俺の顔を見ると一様にこのような表情になり、うっとりと俺に見惚《みと》れるのだ。

自分の容姿が良い自覚はある。恵まれてはいるのだろう。だが彼女たちの瞳には俺自身が映っていない。容姿と、王子という俺の立場しか見えていないのだ。

政略結婚である以上、物語に出てくるような愛情を求めてはいけないことは分かっている。

だから口には出さないけれど、心の奥に澱《おり》が溜まっていく。

結局、カサンドラが俺の婚約者に決まった。

婚約自体にはなんの不満もない。問題は彼女が純粋に俺を慕っている……いや、慕いすぎているとことだ。

王太子妃の教育もあるだろうに、暇さえあれば俺のところへ来ようとする。忙しいからと追い返せばきぃきぃと怒るのだ。月に一度のお茶会ではうっとりと俺の顔を眺め、俺が最近何をしていたかばかりを聞こうとする。

「俺の話ばかりではつまらないだろう」

「いいえ。私、ライナルト様のことはなんだって知りたいのです」

重い。重すぎる。

段々と、俺は彼女を鬱陶しく思うようになった。いずれは結婚するのだから今は放っておいてくれと思う。それを察知した彼女はますます俺へ執着する。悪循環だった。

それからも数度、茶会をキャンセルした。辺境で流行していた病が王都へ、そして国土全体に広がり、陛下や重臣たちは眠る暇もないほど対応に追われている。緊急度の低い仕事が俺の方に回ってくる上、聖女召喚の儀の準備もある。時間が取れないのだ。

しかしカサンドラからの返事はいつも「畏まりました」だけ。いっそ不気味《ぶきみ》なほどだった。

「カサンドラ」

「あら。ライナルト様、ごきげんよう」

しばらくぶりに学院へ顔を出した俺は、カサンドラへ声をかけた。だが返ってきたのは彼女の素っ気ない態度。いつもなら「ライナルト様〜!!」と甲高《かんだか》い声で駆け寄ってくるのに。

「すまないな、最近茶会を欠席してばかりで」

「お気になさらないで下さいませ。ライナルト様はこの国のために奔走してらっしゃるのですもの。そのような些末《さまつ》なことにこだわるようでは、王太子妃など務まりませんわ」

「そうか……」

それで会話は終わりだった。立ち去る彼女を見送る俺の胸にもやもやとしたものが残る。その感情がなんなのか、今の俺には分からなかった。

◆◇◆◇◆

――聖女。

それはこのカシハイム王国に古くから伝わる伝承だ。

千年近い昔、この国に伝染病が流行った。打つ手もなく死に絶えようとしていた人々。それを哀れと思し召《おぼめ》した神が、異世界から1人の女性を遣《つか》わした。

彼女はたぐいまれな治癒能力を持ち、伝染病をたちどころに収めてみせた。人々は彼女を聖女と呼び、崇拝《すうはい》したという。

それ以降、この国は困難に見舞われるたびに聖女を召喚した。

伝染病や飢饉《ききん》、魔物の到来……。

召喚された聖女たちの力でそれらを退《しりぞ》けることで、カシハイム王国は繁栄したと伝えられている。


当初はゆっくりと広がっていた流行り病は、今年に入って急速に勢いを増した。今では王国全土に広まり、多数の死者が出ている。

勿論、王宮とて手をこまねいて静観していたわけではない。医師を招集し病人の多い地域へ派遣。解熱作用のある薬を昼夜問わず精製させ、平民も入手できるよう安価で流通させた。

しかし流行は収まらず、先日はついに貴族にも死者が出た。今まで病人のほとんどは平民だったため、これを知った貴族たちは大慌てだ。薬を買い漁《あさ》ろうとした者さえいるらしい。

我々の力ではもはやどうにもならない。

ここにきて、ついに陛下は聖女を召喚する決定を下した。


「愛菜、俺だ。入ってもいいか？」

「……ライナルト君？　どうぞ」

扉の向こうから弱々しい声が聞こえる。

客間に設えた豪奢なソファの隅《すみ》に、所在なさげに座る少女。俺を見て安心したのかその顔に笑顔が浮かんだ。


聖女愛菜。

最初に出会った時は、本当に彼女が聖女なのかと疑ってしまった。

召喚に成功したと聞いて駆けつけた俺の目に映ったのは、ごく普通の、怯える少女だったから。

聖女と言うからには美しく神々《こうごう》しい、あるいは威厳に満ちた存在だと思い込んでいたが、俺の勝手な想像だったようだ。愛菜は異世界で平民として生活していた娘だった。それが突然見知らぬ場所へ連れてこられ、見知らぬ大人たちに囲まれていたのだから、怯えるのも無理はない。

「異世界より来《きた》る聖女よ。俺はこの国の王太子、ライナルト。貴方の安全は俺が保証します。

どうか安心して欲しい」

俺は床に膝《ひざ》を突き、彼女へ手を差し伸べた。その言葉に安心したのか、あるいは歳の近い俺に心を許したのか。聖女はおずおずとその手を取ってくれた。

その大きな黒い瞳は今まで見たことがないくらい澄んだ色を湛《たた》えており、吸い込まれそうな感覚に陥ったのを覚えている。きっとあの時既に、俺は彼女に惹かれていたのだろう。


「食事にあまり手をつけていないと聞いた。食べないと身体が保《も》たないぞ」

「ごめんなさい。口に合わなくて……」

愛菜に聖女であること、この国を救って欲しいことを説明したが、彼女は拒絶し、家に帰りたいと泣き続けた。ここ数日ようやく涙を見せなくなったが、部屋に閉じこもって俺以外の者の面会は拒絶している。

出された食事も嫌がり、口をつけるのは果物《くだもの》くらい。平民ならば一生口にできないような高級食材をふんだんに使った食事を出しているのだが……どうにも異世界のものとは違っているらしい。

なかなか動こうとしない彼女に、国王陛下や重臣たちは苛立《いらだ》ち始めている。このままでは愛菜の立場が危うい。だから俺はこうしてたびたび彼女の元を訪れ、説得に努めているのだ。

「甘いものは好きなんだろう？　料理長が菓子《かし》を作ってくれたぞ」

「クッキー？　これなら食べられるかも」

焼き菓子を頬ばって「美味《おい》しい！」と目を輝かせる愛菜に、思わず顔がほころんでしまう。女性は甘いものが好きだろうと、高級な砂糖と蜂蜜《はちみつ》をたっぷり使わせたのが効を奏《そう》したらしい。

「あっ。ライナルト君の分は？　ごめんね、私ばっかり食べて」

「俺はいい。好きなだけ食べてくれ」

「おい。殿下にそのような口の利き方は」と、同伴していたローラントが顔を顰めて注意しようとしたが、制止した。

「彼女はまだこちらに来たばかりなのだ。異世界と常識が違っていても仕方ないだろう」

「はっ。失礼致しました」

ローラントは真面目《まじめ》な奴なんだが、ちょっと頭が固い。まあ姉のカサンドラがあの通り苛烈《かれつ》な性格だから、自制しすぎる性格にならざるを得なかったのかもしれないな。

「愛菜。落ち着いたのなら、徐々にこの世界のことを覚えていって欲しい。勿論、俺は全面的に協力する」

「……私、本当に聖女なのかなあ。だって、本当に普通の家の子だったんだよ？　国を救うなんて私にできるとは思えない」

愛菜のいた世界には魔法がなかったそうだ。だが彼女の魔力を測定したところ、針が振り切れるほどの数値だった。この国で最高位の魔術師だって、こんなに膨大《ぼうだい》な魔力は持っていない。愛菜は間違いなく、この国を救う聖女なのだ。

「大丈夫だ。君の力は俺が保証する。魔法の使い方さえ覚えれば、君は聖女として力を振るえるだろう」

「そっか。うん。ライナルト君がそう言ってくれるのなら、頑張ってみる」

ようやく前向きになってくれた愛菜にホッとする一方で、少しガッカリしている自分に驚く。聖女が立ち上がってくれたのだ。王子として喜ぶべきなのに。

……分かっている。彼女を説得するために毎日訪れていたが、そんなものは建前だ。本当は愛菜に会いたくてここへ来ている。彼女が俺だけの聖女でなくなることが嫌なのだ。

そんな後ろ暗い気持ちに蓋《ふた》をして、俺は「良かった。早速《さっそく》魔法の練習を始めないとな」と努めて明るい声を出した。

「ライナルト殿下。貴方様の先ほどの行動は、いずれ国を担う者として相応しいものでしょうか？」

物心がついた時から、侍従はそう言って俺を叱った。

勉学が嫌だ、遊びに行きたいと駄々《だだ》をこねた時。

側近候補の少年を叩いて泣かせてしまった時。

正妃様のお茶会に呼ばれるのが嫌で、仮病《けびょう》を使った時。

侍従だけではない。陛下も正妃様も母上も、常に『王子らしい振る舞い』を俺に求める。

自分が第一王子であり、このカシハイム王国において国王夫妻に次ぐ尊《とうと》き存在であることは理解している。

だから俺は周囲の期待に応えるべく努めた。勉学に剣術の鍛錬《たんれん》、行儀作法、社交術。必死で習得に励《はげ》んだ。理知的で紳士的で文武両道《ぶんぶりょうどう》、正義感に溢《あふ》れ、人望のある王子。長じるほどに、そんな人間を演じるのが上手くなっていく。

周囲は俺の成長を喜び、「ライナルト殿下こそ次期国王に相応しい」と称える。

だが……そこに俺自身はない。

彼らが見ているのは、俺が纏《まと》った鎧《よろい》だ。

「ライナルト様は、きっと素晴らしい国王になられますわ」

婚約者であるカサンドラの口癖《くちぐせ》だ。彼女がこの言葉を発するのは、大抵俺が何かに躓《つまず》いた時だ。最初は剣術の試合に参加し、一回戦で敗退した時だったか。彼女なりに俺を気遣っていることは分かっている。

しかし結局、カサンドラも俺という容器《いれもの》しか見ていないのだ。もし俺が王子という殻《から》を脱ぎ捨てたとしたら……彼女が今のように慕ってくれるかどうか分からない。いや、そもそも王子でなくば、侯爵家の令嬢であるカサンドラと婚約することもなかったのだろうけれど。

人々の期待に満ちた目。それを目にするたびに、頭の上に重石《おもし》を載《の》せられているような心持ちになった。息をすることすら苦しいくらいに。

「そうなんだ……。周囲から期待されすぎるのも、辛《つら》いよね」

どうしてだろう。

気付けば誰にも打ち明けたことのなかった心の中を、俺は愛菜に漏らしていた。

彼女が異世界人だからだろうか？

「いや。王太子である以上、その期待に応えるのは義務だ。仕方ない」

「だって無理してるんでしょ？　そんなの、本当のライナルト君じゃないよ」

「本当の俺……」

それは、ずっと欲しかった言葉。

「無理ばかりしていたら、そのうち潰れちゃうかもしれないよ？　ライナルト君のままだって、きっと良い王様になれる。時間がかかるかもしれないけれど、周囲だっていつかは分かってくれるよ。私も応援する！」

愛菜の大きな黒い瞳がきらきらと輝いて。俺はその美しさに見惚れてしまう。

ああ。やっと分かった。

なぜ彼女にだけは、心を開いてしまったのか。

愛菜は俺を王子ではなく、ただひとりの人間として見てくれているからだ。

「愛菜。もし俺が王太子でなくなっても、見捨てたりしないか？」

「何言ってるの？　そんなの当たり前じゃない。王子でなくたってライナルト君はライナルト君だもの。私たち、友達でしょ？」

気付けば、ずっと付きまとっていたあの息苦しさが嘘のように消えていた。

愛菜……俺の聖女。

ずっと彼女の傍にいたい。そうすれば、俺は俺でいられるから。

◆◇◆◇◆

広場のあちこちで剣戟《けんげき》の音が響く。

ここは王宮の一角、近衛騎士の詰め所だ。非番の者以外は任務がなくともここで待機する決まりとなっている。隊長やそれ以上の階級であれば事務仕事もあるが、我々一般騎士は待機中にすることがない。だからこうやって筋トレや模擬戦をやって腕を磨《みが》くのだ。

俺が突いた剣の切っ先が、対戦相手の腕をかすめた。

「参った！　アレクシス、また腕を上げたんじゃないか？　もう俺じゃ勝てないかもしれないな」

「そんなことないですよ。俺なんてまだまだです」

「ははっ、謙遜《けんそん》するなよ」

先輩騎士が笑いながら俺の肩をぽんと叩く。そのどこか卑屈で媚《こ》びるような笑みに内心腹立ちを覚えながらも、俺は「本音ですよ〜。また鍛《きた》えて下さい、先輩！」と笑いながら返した。

あんなあからさまなおべっかに気付かないほど、俺は鈍《にぶ》い人間だと思われているのだろうか。

彼らが一介の新米騎士に過ぎない俺に気を遣うのは、俺の父が騎士団長だからだ。隊長ですら、目に見えて同期の騎士たちより俺を贔屓にしている。

その扱いに見合うだけの実力を伴《ともな》っているのなら、それもいいだろう。だけど俺は剣士として平凡な力しか持っていない。

無論、俺だってその事実を漫然《まんぜん》と受け入れていたわけではない。必死で鍛錬し、父のコネで腕利きの騎士に師事したこともある。

結果は……見ての通りだ。

あの頃の俺は、地道に鍛えればいつか強くなれると信じていた。

だけど試合で後輩の騎士にあっさりと負けてしまった。彼は騎士の家系でもなく、剣を持ったのは10歳を過ぎてからだったらしい。後輩はその後もどんどん強くなり、今では若手随一の腕前となっている。

才能とは持って生まれたもの。どんな努力も、天賦《てんぷ》の才には勝てない。その事実を思い知らされた。

俺はハインツみたいに頭が良くないし、ルドルフのようなすごい魔法も使えない。年下のローラントですら、地道に執務をこなしてライナルトを支えている。

俺だけが中途半端だ。

そんな風にくすぶった思いを抱えながら、生きていくだけの日々。

「騎士団長の息子ということ。それは貴方にとってプラスになりこそすれ、マイナスにはなりません。強くなりたいというお考え自体は理解できます。ですが、ただ強くなればいいわけではありません。今のお立場だからこそ、成せることもあるはずです」

婚約者であるベティーナ・バートレット伯爵令嬢に、この鬱屈《うっくつ》を話してみたことがある。だけど返ってきたその答えは、教科書通りかというくらいに薄っぺらい正論だった。

所詮、女に騎士である俺の苦悩など理解できないのだろう。婚約者が騎士団長の家柄というステータスが欲しいだけなのかもしれない。俺はその家柄にこそ、苦しんでいるというのに。

以前はそれなりに愛《いと》しいと思っていたはずの少女が、急激に色あせて見えた。

「聖女の護衛?」

異世界から召喚された少女、愛菜。

魔力は高いが魔法を一切使ったことがないため、これから神殿で治癒魔法を学ぶそうだ。ちなみに神殿は王宮から歩いて数分の距離にある。王族や高位貴族はそれでも馬車を使うが、文官や王宮使用人は徒歩で向かうことが多い。

「ああ。安全のため馬車を使うように勧《すす》めたのだが、愛菜が歩きたいと言っている。少しでも外の世界を見たいんだそうだ」

「はぁ。しかし俺のいない間、殿下の警護はどうするんだ?」

「俺は執務室にいるから問題ない。何かあれば非番の騎士を呼ぶ」

「なら、非番の騎士を聖女に付ければいいじゃないか」

「彼女はまだ貴族の礼儀を学んでいる最中だ。堅苦しい騎士相手だと萎縮《いしゅく》してしまうらしい。その点、親しみやすいお前なら適任だ。頼んだぞ」

俺が砕《くだ》けた態度なのは、ライナルトやハインツたちが幼馴染だからだ。流石に誰にでもこんな態度は取らない。

「わあっ。王宮の外には、こんなに人がいるのね！　あの建物はなに？」

「あれは商会ギルドの本部です。愛菜様、あまり駆け回らないで下さい」

「あ、ごめんね。珍しくってつい。あと『様』はいらないわ、アレクシス君」

異世界の身分制度はよく知らないが、愛菜は平民階級の出身らしい。婚約者でも家族でもない女性に『君』呼ばわりされたことが不快で、顔を顰めてしまう。しかもこの女はちょろちょろと動き回るので護衛がしづらい。

はあ、面倒くさい……。

「なんか機嫌悪いね。私の護衛、嫌だった？」

「嫌というわけでは」

主《あるじ》からの命令なのだ。嫌も何もないだろう。

「ならよかった！　あと、敬語もなしね。話しにくいもん」

無邪気にそう笑って、愛菜は聞いてもいないのに自分のことを喋り始めた。

家族のこと、飼っていた犬のこと、友人のこと、突然この世界に喚《よ》ばれたこと……。

最初は鬱陶しくて仕方がなかったが、何度か護衛をするうちにまあこの仕事も悪くないかと思うようになった。愛菜のくるくると変わる表情を見ているのは楽しい。ライナルトが彼女を気にかけるのも、分かる気がする。

ある日の神殿からの帰り。通りかかった大通りで何やら騒ぎが起きていた。いかにもガラの悪い男2人が口汚く罵《ののし》り合っており、仲間とおぼしき連中がそれを煽っている。

「何かしら？」

「喧嘩だろう」

彼らはさらにヒートアップし、乱闘を始めた。

平民の喧嘩など俺には関係ない。俺の仕事は、愛菜を無事に王宮へ送り届けることだ。無視して通り過ぎようとした俺を、愛菜が引き留めた。

「やめさせなきゃ！　あのままじゃ、誰かが怪我してしまうわ」

「駄目だ、危ないから近寄るんじゃない！」

俺の制止も聞かず、彼らの方へ走っていく愛菜。

「ああ、もう！」

俺は小走りで愛菜を追い越すと、「お前たち！　ここは神殿の前だ。騒ぎを起こすな！」と連中を一喝《いっかつ》した。

平民ならば、この身に纏う騎士服を見れば大人しくなるはず。だが頭に血が上《のぼ》っているのか、彼らは俺が騎士だと気付かず「なんだ、この野郎」と殴りかかってきた。

結局、俺が全員を殴り飛ばしてようやく騒ぎは収まった。こちらは正規の訓練を受けている騎士。この人数の素人《しろうと》が相手なら、剣を抜く必要もない。

殴られてようやく騎士と気付いたのか、青くなっている男どもを叱り飛ばして追い払った。

「アレクシス君ってすごく強いのね！」

「別に……騎士なら誰だってこのくらいできる」

「そうなの？ 私、こんなに強い人見たことない！」

愛菜の顔に嘘はなかった。素直に俺を賞賛しているのだ。彼女はもっと強い騎士を見たことがないだけだと分かっていても、その言葉を嬉《うれ》しいと感じてしまう。我ながら単純だ。

そのせいだろうか。口が軽くなって、なんとなく思っていることを喋ってしまった。

「ふうん。お父さんが騎士団長さんなのね」

「贅沢な悩みだってのは分かってる。だけど俺は、俺自身の力で認められたいんだ」

「そうだよね。他人の力を使って褒められたとしても、嬉しくないよね」

「だろ？」

貴族ならば、むしろ自分の恵まれた立場を喜ぶだろう。実際、ベティーナはそう言っていた。

平民育ちだからこそ、愛菜は俺の鬱屈を素直に理解できるのかもしれない。

「でも、今のやり方では伸びなくて」

「それならやり方を変えればいいんじゃない？　私ね、テニスっていう……えーと球を打ち合うスポーツをやっていたんだけど、なかなか上達しなかったの。でね、しばらくスクールとかに通ってみたらなんかコツを掴んだというか、上手く打てるようになったんだ。それでレギュラーに選ばれたの。剣術とはまた違うかもしれないけど、今までとは環境を変えて鍛錬すればアレクシス君も一気に伸びるかもよ？」

「テニスとやらはよく分からないが、違った環境か……。いいかもしれないな」

「でしょ？」


その後すぐに、俺は魔物討伐《とうばつ》の任に志願した。

本来ならば近衛騎士がやることではない。だが衛兵隊も人手不足であるため、下級騎士が対応することもある。

「お前の実力では無理だ」と父は猛反対したが、俺は「このまま訓練を続けても腕が上がる見込みがない、実戦経験を積みたい」と食い下がった。身の安全を最優先にすることを条件にようやく許可が下り、俺は王都を出発した。

「愛菜から事情は聞いている。特別任務として認めよう。強くなって帰ってきてくれ」と、ライナルトは快く送り出してくれた。愛菜が説得してくれたらしい。

最初は良かった。王都近郊の森には弱い魔物しかいなかったから。

そいつらを難なく倒して、俺は強くなったつもりでいた。だけどリュークロックが頻出《ひんしゅつ》するという山間部の任務で、俺は自分が甘かったことを思い知らされた。

リュークロックは一見熊に似ているがその皮は硬く、俺の剣が全く通じない。しかも動きが早く、気付けば俺の身体は奴に組み敷かれていた。鋭《するど》い爪に肌が引き裂かれる。討伐隊の主力が駆けつけた時には、瀕死《ひんし》の状態だったらしい。


「アレクシス君!!」

見舞いに来た愛菜とライナルトに、俺は顔を背《そむ》けてしまった。大口《おおぐち》を叩いたくせにこの体《てい》たらく。それに満身創痍《まんしんそうい》で包帯《ほうたい》だらけのみっともない姿を、愛菜に見られるのはひどく恥ずかしいと感じる。

だけど彼女はそんな俺の手を優しく握ってくれた。

「ごめんね、アレクシス君！　私が余計なことを言ったから……私ね、治癒魔法を使えるようになったの。すぐに治してあげるから」

ぐるぐる巻かれた包帯には血が滲《にじ》んでいる。触ったら彼女の手も汚れてしまう、と手を引っ込めようとした。だけど愛菜は全く臆《おく》することなく俺に触れ、術を発動した。

あっという間に痛みが引いていく。

あんなにひどい怪我だったのに……。これが聖女の力なのか。

いいや、違う。愛菜は聖女なんかじゃない。女神《めがみ》だ。

「ありがとう、愛菜」

「ううん。本当にごめんね」

「いいんだ。やられたのは俺が不甲斐《ふがい》なかったせいだ。だけどこのままで終わるつもりはない。怪我が治ったらまた挑戦する」

「頑張ってね！　怪我したら、また私が治してあげる！」

俺は愛菜の手をぎゅっと握り返した。

背後のライナルトが複雑そうな表情を見せる。その様子に、ほんの少し優越感を持ったことは内緒《ないしょ》だ。


神殿での教育が終わり、愛菜は身元引受人であるグラウン子爵家で暮らすことになった。今後は子爵家から王宮や神殿へ通うため、俺は自ら志願して愛菜の護衛を引き受けた。少しでも彼女の傍にいたかったからだ。

愛菜が貴族学院へ通うようになると、俺たちは常に彼女に付き従った。愛菜へ興味本位に近づいてくる者から、彼女を護《まも》るために。

「アレクシス様。最近、いつも聖女様と一緒にいらっしゃるようですが」

その日、俺はベティーナと会っていた。彼女の父親と俺の父は親友の間柄で、彼女とは幼い頃より顔見知りだ。婚約してからはこうして定期的に交流の機会を設けている。

幼い頃はもう少し仲が良かったのだが、今の彼女とはあまり話が合わない。やれ領地の作物がどうとか、どこそこの貴族が結婚したとか、どうでもいい話題ばかり。婚約者との交流は義務だと分かってはいるが、正直に言って苦痛だ。

「ああ。それがどうかしたか？」

「聖女様がその、男性に対して少々距離が近すぎるという噂を耳にしまして。アレクシス様ともよからぬ関係にあるのでは？　と言う者もおります」

「なんだそれは！　騎士である俺が彼女を護るのは、当然のことだろう！」

どこのどいつだ。愛菜の悪い噂を流すなんて。

「それは重々《じゅうじゅう》分かっております。ですが、このまま噂が広がればいずれはロイスナー家にも良くない影響を及ぼすかもしれません。どうか、少しだけご自重《じちょう》いただけないでしょうか」

「お前が口出しすることではない！」

俺は激高《げっこう》し、ベティーナへ怒鳴り散らした。

そういえばこいつは、先日の怪我の際も見舞いに来たかと思えば「貴方は騎士団長のご子息なのですから、どうか軽はずみな行動はお控えなさって下さい」と窘《たしな》めるだけだった。

俺がどんな気持ちで魔獣討伐に志願したか知りもしないで。大方、愛菜に嫉妬しているのだろう。俺を理解する気もないのに、嫉妬だけは一人前なのか？　それに、何かというと父の名を出すのも腹が立つ。

「不愉快だ。帰る」

「アレクシス様、お待ち下さ……」

呼び止めようとするベティーナを振り切り、俺はその場をあとにした。

ベティーナとは学院で顔を合わせることもあるが、最近は無視している。何か言いたそうな顔をしていた気もするが。どうせまたつまらない小言《こごと》だろう。聞くだけ無駄というものだ。

婚約を解消したければ、それも構わない。俺には愛菜がいればそれでいい。

◆◇◆◇◆

「そこ、間違っているぞ。ヒュリアの乱は王国暦480年だ。それに勃発《ぼっぱつ》理由も全然違うじゃないか」

「あ、そっか。ごめん」

愛菜がぺろりと舌《した》を出した。

「淑女《しゅくじょ》らしくない真似《まね》はやめろ。行儀作法の講義も受けているんだろう？」

「受けてはいるけど、なかなか慣れないよ。ハインツ君みたいな生まれついての貴族じゃないんだもの」

ライナルト殿下の命により、俺は愛菜へ一般教養を教えている。講師はつけているが、どうも芳しくないらしい。なんとか貴族学院の転入試験を通れるようにしてくれと頼まれたのだ。

主の命とあれば従うが……この女、どうにも覚えが悪い。

この世界で生まれ育ったのではないのだから、基礎から覚えなければならないマイナス要素があるのは分かる。しかし魔法やダンスの講義はそれなりに成果を上げているらしい。頭が悪そうだから、そもそも座学が苦手なのかもしれない。

こんなことにかまける時間があれば、執務をしたいのに……。

俺の父、オスヴァルト侯爵は宰相として辣腕を振るっている。大水害からの復興計画や社会問題を解決する政策の提案。その見事な手腕は名宰相と絶賛され、陛下からの信頼も篤《あつ》い。

オスヴァルト侯爵家の嫡男である俺は、幼い頃より王太子殿下の側近となるべく育てられた。国外から呼び寄せた家庭教師たちにより、王族にも劣《おと》らないだろう最高の教育を受けた。そして自分自身、父の期待に添うべく努力してきた自負もある。

学院では常にライナルト殿下に次ぐ2位。本来なら首席くらい取れるが、そこは主の顔を立てるべきだろう。無事にライナルト殿下の側近に認められた時も、当然としか思わなかった。他の側近も名だたる高位貴族の令息だが、俺より上だと思える奴はいない。

ルドルフは魔法に関しては確かに才能を持っているが、それ以外は普通。アレクシスに至っては筋肉バカだ。騎士としても取り立てて腕が立つわけでもない。おおかた騎士団長の息子というだけで側近に選ばれたんだろう。ローラントはまあまあ優秀な奴で執務は忠実にこなすが、それだけだ。自分から提案を出すようなことはない。

側近として真に殿下を支えられるのは俺だけだ。いずれライナルト殿下が国王となった暁《あかつき》には、俺が宰相となってこの国を動かすだろう。

俺は何度か政策を提案し、殿下と共に陛下へ奏上したこともある。だが「実現性に欠ける」「この政策で負担を受ける民のことを考えているのか」と却下された。

一刻も早く、父のように一目《いちもく》置かれる存在になりたいのに。

「へえ〜、ハインツ君のお父さんは宰相様なんだ。だからこんなに頭がいいのね」

「確かに父の子だが、そこに甘んじているつもりはない。俺自身の努力の成果だ。父に追いつきたいから」

愛菜が疲れたというので5分だけ休憩を取ることになり、なんとはなしに自分の話をしてしまった。こんな無駄話をするつもりはなかったのに。彼女を前にすると、どうも調子が狂う。

「そっかあ。ハインツ君、お父さんに憧《あこが》れてるんだね。それってすごく素敵なことだと思う！じゃあハインツ君も、将来はお父さんと同じ宰相になるつもりなの？」

「そうなりたいとは思っている。だが現実は厳しい」

「ええ～。ハインツ君みたいに頭のいい人でも？　ここの国の人はみんな頭がいいのね」

「いや、そういうわけではないのだが」

その単純思考に呆れてしまう。頭の良さだけで出世できるなら、楽だったろうに。

先日も貴族に対する税率の変更を提案した。今は領地収入により納税額が決められているが、彼らには事業や商売による収入も多いのだ。中にはそれで私腹《しふく》を肥《こ》やしている者もいると聞く。だから納税対象を副収入も含めた総収入へ変更すれば、納税額は格段に上がるだろう。

意気揚々《ようよう》と提案書を提出した俺は、「それで？　税額を上げる代わりに、お前は貴族たちに何かメリットを提示できるのか？　それがなければ彼らはこちらの言うことなど聞かんぞ」と父に一蹴《いっしゅう》された。

「こんな無駄な提案を考えている暇があるのなら、自分自身の執務に勤しむべきだ」

「勿論、やっています！　だけど俺はもっと国政に関わりたいのです。殿下も賛成なさって」

「お前の欠点は、そうやって結果ばかり求めることだ。お前はまだ学生だろう。若いうちは土台を積み上げることも重要だ」

父から叱責《しっせき》され、俺は唇を噛みしめる。

1カ月かけて考えた提案だった。王宮の資産を増やせば今後の政策を動かしやすい。災害発生時の備蓄だって増やせるだろう。良い結果をもたらせると俺はそればかり考えて、貴族への根回しを考慮していなかった。

殿下の側近となって3年。何も成果を出せていないという事実に焦《あせ》る心に、薄暗い靄《もや》が忍び寄る。俺は自分が優秀だと勘違いしているんじゃないのか。本当は俺が下に見てきた者たちと同様に、無能なのではないか……？

「それは仕方ないじゃない？　お父さんとハインツ君は違う人間なんだもん」

「そりゃあ、親子とはいえ異なる人格だが。そんな当たり前のことが、関係あるのか？」

「だって。違う人間なら、考えが違うのも当然でしょ？　お父さんの真似をしても上手くいかないのは、それがハインツ君に合ってないからじゃないかな」

そんな単純な話ではないだろう。

愛菜の意見は深慮《しんりょ》が足りない。聞く必要もなさそうだ。しかし……なぜだろう。この少女の率直な言葉は俺の心へするりと入り込む。

俺は婚約者のフランツィスカ・アーベライン伯爵令嬢のツンと澄ました顔を思い浮かべた。愛菜と違って頭がよく教養の高い彼女との会話は、打てば響くようで心地がいい。だが同時にこちらも気を抜くことができないため、話したあとはいつもドッと疲れるのだ。

そうか。愛菜との会話にはあの緊張感がないのだ。彼女の、なんの意図も欲もない無邪気な笑顔が俺を癒《いや》してくれる。

俺は益体《やくたい》もない夢想を頭に巡らせた。

国王となったライナルト殿下の傍に立ち喝采《かっさい》を受ける俺と、俺に寄り添う愛菜の姿を。あり得ぬ話だ。俺には婚約者がいる。大体、ライナルト殿下も愛菜を慕っているのだ。本人は隠しているつもりだろうが、見え見えだ。俺が愛菜を娶《めと》ることなど絶対に許さないだろう。

……いや、待てよ。それこそが、勝機なのではないか？

殿下がどんなに愛菜を伴侶《はんりょ》にと求めたところで陛下も王妃様も、当然ヴェンデル侯爵家も認めないだろう。結局のところカサンドラ様か、あるいはどこぞの高位貴族の令嬢が正妃に選ばれるはずだ。散々揉めたあとに俺が愛菜を引き取れば……王家に貸しを作り、かつ愛菜を得られる。ここまでメリットがあるのならば、父も愛菜との結婚を認めてくれるのではないか？

なんならフランツィスカは正妻、愛菜は妾《めかけ》として抱えるのもいい。

そんな黒い妄想《もうそう》に、俺の心はすっかり支配されていた。

◆◇◆◇◆

俺が魔法を初めて使ったのは6歳の時だった。普通、魔法を使えるようになるのは10歳前後だ。魔法局の局長を務める父は大層喜び、俺に英才教育を施した。貴族学院へ入学する頃には、同年代どころか上級生でも魔法で俺に敵う奴はいなかったと思う。


魔法の天才。10年に一度の使い手。

そんな評判を聞きつけた他国の王宮や研究施設から多くのスカウトを受けたけれど、父が全て断った。俺を魔法局へ入れるつもりだったらしい。俺は魔法の研究ができればどこでもいいし、できれば慣れている場所にいたかったから内心喜んでいた。

14歳になると俺は研究生として、魔法局の研究会へ参加することになった。研究生としては最年少だ。俺は意気揚々と考案した魔法術について発表した。それは魔法の重ねがけに関する研究で、これを使えばより効果の高い魔法を編み出すことができる画期的な方法だ。

「すいません、もう1回説明してもらえませんか？　よく聞き取れなくて」

「え、えっと、だからこれは防御魔法を、平面ではなく、立体的に積層《せきそう》することで」

「もっと大きい声でお願いします」

できるだけ声を張り上げて再度説明したけれど、彼らには通じなかった。内容云々《うんぬん》ではなく聞き取れないらしい。俺にはどもり癖がある。幼い頃は家庭教師に散々叱られたものだ。発声練習を繰り返したことで普通に喋れるようになったが、緊張すると癖が出てきてしまう。

その後も何度か研究会で発表したがいつも同じだ。研究生たちは途中から諦め顔になり、俺の話に耳を貸さなくなる。

「クルツ局長の令息の発表、全く意味が分からないね」

「ボソボソ喋ってるから全然聞こえないよ。聞いているとイライラしてくる」

「最年少で研究生入りしたっていうから、期待していたのに……」

廊下で立ち話をしていた先輩たちの会話が耳に届き、俺はくるりと踵《きびす》を返した。

あれ以来、研究会に参加する日が近づくと頭が重くなってくる。理由をつけて休むことも多くなった。

なんで上手くいかないのだろう。俺は10年に一度の天才のはずなのに。

「ウォーターボール！」

「いいぞ！　上手くなってる」

愛菜の放った水魔法が的《まと》の中心を貫いた。

貴族学院の入学試験を通るために彼女へ魔法を教えて欲しいと、ライナルト殿下から頼まれたのは2週間前。

普通、魔力を持つ者は10代前半から魔法の修得に勤しむ。身体へ覚えさせるにはより幼い方がいいからだ。しかし愛菜のいた世界には魔法がないらしい。15歳になってからの修得というのは前例がなく、手こずっていたようだ。

最初は面倒だと思ったたが、やってみせながらゆっくり教えると彼女はすぐに才能を開花させた。ちょっと魔力制御が雑《ざつ》なところはあるが、聖女だけあって魔力量が大きいため問題ない。

「やったー！　魔法って本当に面白いね。あっちの世界ではアニメで見たくらいだったけど、一度使ってみたいと思ってたの」

「あにめ？」

「あ、えーと。絵を動かして楽しむ小説みたいな？」

「へえ。異世界にはそんなものがあるのか」

愛菜は素直で人なつっこい性格だ。教えることは全く苦ではない。それに異世界の話は興味深い。忸怩《じくじ》たる思いを抱えていた俺にとって、彼女と過ごす時間は安らぎになりつつあった。

「本当に上達したね。これなら入学試験の実技は問題ないと思う」

「ルドルフ君の教え方が上手いからだよ。本当にありがとう！」

「い、いや、俺は殿下の命令に従っただけだから……」

きらきらとした瞳で見つめられ、ドキリとする。

殿下が彼女に惹かれているのは分かっていた。アレクシスやハインツだってそうだ。ローラントは彼女が魅了の魔法を使っているのではないかと疑っていたが、そんなわけはない。

こんなに可愛らしくて気立てがいい女の子なのだ。男なら誰だって好きになるだろう。

聖女とはいえ愛菜は平民の生まれらしいから、ライナルト殿下の妃になることはできない。それでも強硬に娶ろうとすれば、カサンドラ様とヴェンデル侯爵家が黙っていないはずだ。

愛菜は座学より魔法が得意なようだし、疫病が収まったら魔法師団か魔法局に入ったらいいんじゃないかな。そして俺が彼女の隣で共に……。そんな妄想に囚われてしまう。

「ルドルフ君は本が好きって聞いたよ。私もね、小説は結構好き！　友達がよく貸してくれたの」

「愛菜はどんな内容が好みなの？」

「やっぱり恋愛小説かなあ。読んでてドキドキするようなやつ！」

「流行ってる恋愛小説が手元にあるから、今度持ってこようか？」

恋愛小説が好きなんて、やっぱり愛菜は可愛い。俺にも一応婚約者はいるけれど、本が好きじゃないらしくてあまり話が合わないんだ。

「ホント？　ありがとう！　ルドルフ君は多才なんだね。才能のある魔法使いなのに、それ以外の本もたくさん読んでて」

「う、さ、才能があるかは、俺にはよく分からない……」

「ライナルト君たちが言ってたよ。彼は天才だって」

つっかえつっかえ現状を説明すると、愛菜は「ふうん。吃音《きつおん》のせいで、発表が上手くいかないんだ」とこともなげに答えた。

「吃音？」

「私のいた世界では、ルドルフ君のような話し方をそう呼ぶの」

「愛菜は、その……俺の話し方が気にならないの」

「全然！　友達のお姉さんなんだけどね、ルドルフ君のような話し方の子がいたもの。その人は高校……この世界でいう学院で上手くやってけなくて、引きこもりみたいになっちゃってね。でも家で猛勉強して大学へ受かったの。喋り方なんて、生きてくのになんの関係もないと思う！」

その言葉は、不思議なくらい俺を奮《ふる》い立たせた。

何を悩んでいたんだろう。俺は他人より天賦の才に恵まれているというのに。どもり癖を揶《や》揄《ゆ》するような奴らとは付き合わなきゃいいんだ。愛菜がそう言うんだから、間違いない。


またか……。

◆◇◆◇◆

執務そっちのけで聖女愛菜と語らうライナルト殿下を目にした俺は、内心舌打ちした。

最近の殿下は聖女への傾倒ぶりが目に余る。さらにアレクシスやルドルフもだ。彼女の相手は面倒だと言っていたハインツすら、今ではヤニ下がった顔で愛菜の傍に侍っている。

愛菜は確かに美少女だ。艶《つや》のある黒髪と黒い瞳はこの国では珍しい。

これで身分が高い、あるいは教養があるというのならまだ分かる。だが彼女の振る舞いは貴族からすれば眉を顰めたくなるものだ。言葉遣いは平民らしく雑。男性相手に親しげに話しかけ、時には手で触れることすらある。

王太子殿下ともあろう方が、ここまで夢中になるほどの女性とは到底思えない。

もしや、魅了の魔法を使っているのではないか？

そう考えてルドルフに相談し、念のため魔法を使った痕跡《こんせき》がないか調べてもらったが何も見つからなかった。

「考えすぎだよ、ローラント」

「魅了なんて疑いをかけること自体、聖女に対する冒涜《ぼうとく》だぞ」

「そうそう。あんなに可愛い女の子なんだ。誰だって好意くらい持つさ」

皆は俺の意見に耳を貸さず、愛菜を擁護《ようご》した。相手は異世界から来た人間だ。俺たちには認知できない特殊な術を持っているかもしれないじゃないか。

あんなに理知的だった殿下も、切れ者のハインツも……。まるで人が変わったかのようだ。

特に最近のハインツは、殿下をけしかけているような節《ふし》もある。主君を諫めるのが側近の務めだろうに。いったい何を考えているんだ？

「ローラントは姉君を心配しているんだろ」

「いや、そういうわけでは」

「カサンドラか……」

ライナルト殿下が露骨《ろこつ》に嫌そうな顔をした。

姉は殿下を強烈に慕っている。婚約者なのだから慕うのは別にいいのだが、とにかく圧が強いのだ。ライナルト殿下に構って欲しくて仕方ないらしい。殿下が辟易《へきえき》としていることに気付いていないのか、あるいは気付いているからこそ余計にこだわっているのか……。

といっても、最近の姉は様子が変わった印象を受ける。以前は俺にライナルト殿下がどうしていたか教えろと毎日うるさかったのに、今は俺に話しかけることすら希《まれ》だ。姉も少しは成長したということだろうか。

しかし愛菜が殿下の寵を受けている様子を見れば……流石に激怒するだろう。俺は魅了を憂《ゆう》慮《りょ》していただけだが、姉のことも頭の痛い問題ではある。

姉といい愛菜といい、女というのは本当に面倒だ。

いや、全ての女性に当てはめるのは言いすぎか。

俺は婚約者のバーバラの顔を思い浮かべた。彼女は姉ほど苛烈でもないし、愛菜のようにはしたない態度を取ることもない。少なくとも俺にとって、面倒ではない女性だ。

尤もよく知っていると言えるほどバーバラと親しいわけではない。親が決めた婚約相手だ。定期的に会ってはいるが、当たり障りのない会話をして終わり。よく知るのは結婚してからになるだろう。政略結婚なのだから、それについては互いに納得済みと思っている。

「今日はローラント君が教えてくれるのね。よろしく！」

「よろしくお願いします。聖女様」

ハインツにどうしても外せない用事があるらしい。俺はハインツ不在の間、彼女の教育係に志願した。探りを入れるためにはもっと相手を知るべきだろう、と考えたのだ。

「様は付けなくていいよ」

「そうは参りません。貴方は我が国を救うために召喚された聖女ですから」

愛菜は一瞬驚いた顔をしたあと、俺を見てケラケラと笑った。その態度にムッとしてしまう。

「何が可笑しいのですか？」

「あ、ごめんね。ライナルト君の言う通りだと思って」

「殿下が……？」

「ローラント君はお堅いから、きちんとしないと怒るかもって」

「俺は真面目なことくらいしか取り柄《え》がないから」

主君からそう思われていたのかと落胆《らくたん》する気持ちを抑えられず、ぶっきらぼうな言い方をしてしまった。自分から礼節を説いたくせに。俺としたことが、何を感情的になっているんだ。

俺が4人の側近の中で浮いていることは分かっていた。彼らより年齢が下というのもあるが、俺には突出した技能がない。

頭の切れるハインツは様々な政策を提案しているし、魔法に関連する執務はルドルフの独壇《どくだん》場《じょう》。アレクシスだって護衛騎士としてなくてはならない存在だ。俺が側近に選ばれたのは筆頭侯爵家の嫡男であり、殿下の婚約者の弟だからに過ぎない。

「ええ？　そんなことないよ。ローラント君の仕事は丁寧《ていねい》だとも言っていたよ？」

「丁寧、ね。そんなのは執務官ならば当然のことだ」

一度態度を崩《くず》してしまったのに、取り繕うのも今さらだ。俺は愛菜に対して敬語を使わなくなった。その後何度か講義を行ったが、やはり彼女のどこがいいのかさっぱり分からない。なのに、なぜか……この時間は悪くない、もっと続いて欲しいと思う自分がいた。

おかしい。絶対、何かあるはずだ。魅了に類する何かが。

だけど何も見つからない。そうやって焦っている間にも俺の心は愛菜へと傾倒していった。

「ローラント君のお姉さんが、ライナルト君の婚約者なんだよね。美人で優秀なんだって聞いたよ」

「別に、高位貴族令嬢としては普通より上くらいだ。それに結構感情的なところもあるし」

「え、それじゃあローラント君も姉弟喧嘩したりするの？」

「まあ幼い頃はそれなりに、な」

「意外〜〜!!」

目を見開いて大げさに驚いたあと、愛菜はまたケラケラと笑った。大口を開ける笑い方はとても上品とは言えない。それなのに、とても可愛いと思ってしまう。

駄目だ。婚約者がいるのに、他の女性を愛おしいと思うなんて。俺はそんな不埒《ふらち》な人間ではないはずだ。

だけど……好ましい異性がいるという甘美《かんび》な、心地よい高揚感《こうようかん》。これが恋だと気付いた時には遅かった。初めて味わうその甘露《かんろ》に、俺はもう抗《あらが》えない。

◆◇◆◇◆

「カサンドラ。彼女が聖女愛菜だ」

大きな瞳を見開いて私を見つめる少女。肩のあたりで切りそろえた黒髪は艶々《つやつや》と輝き、肌は象牙《ぞうげ》のように滑《なめ》らかだ。

ついに来たわね。小説の主人公、広瀬愛菜が。

聖女の召喚が成功したとは聞いていた。

疫病が流行したせいで国内の経済は停滞しつつある。先の見えない閉塞感《へいそくかん》を聖女が打ち消してくれると、多くの人間が信じているのだ。執政者である国王や重臣たちですらそうなのだから……呆れるわね。

本当かどうかも分からない聖女伝承に頼るなんて、現代の知識がある私からすればちゃんちゃらおかしい。

伝承なんかに頼る前に、自分たちでなんとかするべきじゃない？　今の医療技術で抑えきれない病気に関しては、超常の力に頼りたくなる気持ちは分からなくもないけれど。

過去の歴史によると、飢饉や水害、魔物の大量発生などの苦難に見舞われるたび、この国は聖女を頼っていたらしい。

飢饉は普段から備えておくなり、他国から食料を輸入するなりすればいい。魔物が存在するって分かっているんだから、特化した部隊を作っておくとか城壁を備えるとかすればいい。

有事に備えるのが執政者の役目でしょうに。それを放棄してたった1人の女の子に任せるなんて。国王陛下、無能じゃない？

不敬だから口にはしないけども。

「ごきげんよう、愛菜様。私はカサンドラ・ヴェンデル。よろしくね」

「はい、カサンドラ様！　よろしくお願いしみゃす！　いたっ」

貴族令嬢らしくカーテシーをする私に、慌てて応じようとした愛菜が顔を顰めた。舌を噛んでしまったらしい。

「大丈夫か、愛菜？」

「すいません、カサンドラ様がすっごい美人だから緊張しちゃって」

「あら。お上手なのね」

「全く、愛菜は本当にドジだなあ」

ニコニコしながら愛菜へ話しかけるライナルトの目には慈愛《じあい》が溢れている。彼のそんな表情、カサンドラ《わたし》はついぞ見たことがない。

あざとい女だこと。

それに引っかかるライナルトもチョロすぎやしないかしら。これからチョロ王子と呼ばせてもらうわ。

「2人は仲が良いのね」

「あ、はい。ライナルト君、引きこもりの私を心配して毎日来て下さって」

召喚後しばらくの間、愛菜は泣いて部屋に閉じこもっていたらしい。

突然知らないところへ連れてこられて怖かった。そんな自分の元へ、花やらお菓子やらを持って日参し、優しい言葉をかけ続けてくれた彼のおかげで、部屋から出ようと思えた。

なんてことを、愛菜が嬉しそうに教えてくれた。私の嫌味にも気付かなかったようだ。

私がライナルトの婚約者だと聞いているはずなのに。

なんて無神経なのかしら。

小説のカサンドラが怒ったのも無理はないわ。今の私は片倉玲子の意識に近いから、ライナルトのことはなんとも思っていない。そんな私ですら、彼女の態度は不快に感じる。

「俺や側近たちが、愛菜へこの世界の知識を教えているところだ。しかし女性にしか分からないところもあるだろう。カサンドラ、愛菜のフォローを頼むよ」

「畏まりました」

内心の憤《いきどお》りを表には出さず、私はにこやかに答える。

チョロ王子、お前も大概だ。

彼は他者の心情に疎《うと》いところがある。王子様ゆえの傲慢《ごうまん》さだと思っていたが、やろうと思えば女性に対する気遣いもできるんじゃない。その努力を、ほんの少しでもカサンドラに分ければよかったものを。

カサンドラが好みじゃないとしても、婚約者である以上、大切に扱う義務はあるでしょうに。

今のライナルトは、王子としての義務も分かってないクソ子供《ガキ》でしかないわ。

愛菜はこれから教養や行儀作法の学習と並行して、神殿で魔法の修行をするらしい。

確か小説では、召喚されてすぐに愛菜は活躍していた。現実はそうもいかないということだろう。スピード感のある展開が特徴的な小説だったから、その辺の描写はすっ飛ばしていたのかもしれないわね。

何にせよ、私にとっては好都合。

疫病対策が効果を上げるにはまだ時間がかかる。

父を通して進言した疫病対策は国全体に定着しつつある。だがこの方法はそもそも予防策であり、病の広がりを抑えるためのもの。効果が目に見え始めるには、もう少し時間が欲しい。

せいぜいゆっくりするといいわ、お気楽であざとい聖女ちゃん。

お前が動き出す頃には、もう手柄を立てる場なんてなくなっているわよ。

そうなればチョロ王子はともかく、陛下や重臣は役立たずの聖女をどう扱うでしょうねえ？

◆◇◆◇◆

召喚から半年近く経過し、愛菜は貴族学院へ特別待遇で転入した。

この学院は貴族の子女でなければ入学できないが、グラウン子爵家が愛菜の身元引受人となったため許可が下りた。

聖女の実力も性分《しょうぶん》もまだ分からない現状では……と様子見をしていた貴族たちを差し置いて、子爵は後見に名乗りを上げたそうだ。グラウン子爵家は下位貴族だが繊維《せんい》産業で結構な収益を得ており、勢いのある家だ。聞くところによれば子爵本人もなかなかの野心家らしい。聖女を引き受けることで名を売ろうとしているのか、あるいは王太子が彼女へ向ける寵を知って、王家と繋がりを持とうと目論《もくろ》んでいるのかもしれない。

子爵家如きが大それた野望を持ったものだ。でもその成り上がり精神、嫌いじゃないわよ。玲子《わたし》みたいで。

愛菜は瞬《また》く間に学院に馴染《なじ》んだ。

彼女はいつも多くの男子生徒に囲まれている。中でも常に彼女の傍に侍っているのが、ライナルト王太子の一団だ。彼女の守護騎士でも気取っているのかしら？ ライナルトだけでなく側近たちも、愛菜へ熱い視線を向けている。半年の間に籠絡《ろうらく》されたらしい。冷徹を気取っていたハインツや堅物のローラントまでデレデレとした顔をして……みっともなくて見ていられないわ。

彼女のような人間は前世にもいた。

その場にいるだけで自然と人々を惹きつけ、魅了してしまう存在。

私にとっては珍しくもなんともない。芸能界とは、そういうタイプの人間がしのぎを削《けず》る世界なのだから。

現代ならば愛菜はアイドルになれたかもしれないわね。

だが、全ての生徒が彼女を信奉《しんぽう》していたわけではない。特に女子生徒は愛菜を厭《いと》い、あからさまに避けている。

令嬢たちは当初から愛菜を警戒していた。別世界から来た異邦人なのだ。異物を警戒するのは当然だろう。男たちのように、鼻の下を伸ばしてすり寄る方が生物としておかしいのだ。

まあ彼らは下半身の欲望に従っているだけなのだから、ある意味生物として正しいのかもしれないけれど。

貴族学院に入学する生徒のほとんどは既に婚約者がいる。婚約者が愛菜へ夢中になってしまった令嬢も多い。私と同じように。彼女たちが露骨に不快感を露《あら》わにするのは当たり前だ。

愛菜が貴族令嬢らしい貞淑《ていしゅく》な振る舞いをしていたのなら、擁護する向きも出てきただろう。だけど彼女は男たちへ親しげに話しかけ、時には軽くだがボディタッチすることもある。貴族令嬢からすれば娼婦《しょうふ》の如きはしたない行為だ。ちなみに令息たちも最初は驚いていたが、異世界ではこうなのだと言われ納得してしまったらしい。

この世界の男ってアホばっかりなの？

同学年の男子と女子の間には険悪な雰囲気が漂い始めている。

貴族の令嬢令息たちだ、平素ならば思うところがあっても表面上はにこやかに接していただろうに。それが愛菜1人のためにここまで状況が変わるとは……。ヒロイン力、恐るべし。

その一触即発《いっしょくそくはつ》の状態が、ついに破れた。

きっかけは、とある令息だ。

課外授業のグループ分けやお茶会に勉強会。令嬢たちから爪弾《つまはじ》きにされているとしょんぼりした愛菜を見て、糾弾《きゅうだん》を始めたのだ。責め立てる相手の中には彼の婚約者もいたらしい。

騎士道精神ってやつかしら。筋違いも甚《はなは》だしいわね。お前が本来守るべきは、自分の婚約者でしょう。

そして彼へ加勢する令息たちと、糾弾される側を庇う令嬢たちが、言い争いを始めた。

「虐めをしたつもりはありませんわ。お付き合いする相手を選ぶのは、貴族として当然ではなくて？」

「嘘をつくな！　どうせ愛菜様の美しさに嫉妬したんだろ。醜《みにく》い性根が顔にまで出ているぞ」

「はっ！　容姿しか判断基準のない貴方こそ、愚かさが外面に出ておりますわ」

「そうよそうよ。聖女だかなんだか知らないけど、所詮は平民でしょう」

「真っ当な貴族の令嬢なら、殿方へ馴《な》れ馴れしく触れたりしませんもの。私たちと彼女は所詮、住む世界が違うのですよ」

貴族の子供が学院へ通う理由の1つは、いずれ社交の相手となる同世代の貴族と交流を深めるためだ。教養だけなら家庭教師をつければ済むもの。だから学生の間といえど、生徒たちは将来を見据えて親交の相手を選ぶ。聖女としての実績もない上、いつまで経っても平民のような立ち居振る舞いを直そうとしない愛菜を、令嬢たちは付き合う必要のない相手と判断した。ただそれだけのこと。

「なんの騒ぎだ！」

そろそろ私が出た方がいいかしらね、と思っていたタイミングでライナルトが現れた。ヒートアップした罵倒が廊下まで響いていたらしい。

「こいつらが愛菜様に嫌がらせをしているんです！」

「何っ⁉」

「誤解ですわ。私たちはただ、お付き合いする相手を選ぶ権利はこちらにもあると言いたかっただけで」

ライナルトは反論をした女子生徒をじろりと睨んだ。

「君たちが愛菜を外れ者にしたのは事実ということだな」

「ですから、それは」

「言い訳はいい。愛菜は異世界から召喚されたのだ。こちらの常識とずれているところもあるだろう。同級生として、少し思いやりが足りないのではないか？」

女子生徒は押し黙った。彼女とて言い分はあるだろうが、相手は王太子。これ以上の口答えは得策ではないと判断したのだろう。

「分かったら、今後気をつけるように」

「はい」

下を向いてしまった彼女を見て、令息たちは勝ち誇った表情だ。バカにするように鼻を鳴らす者さえいる。

ライナルトの言い分はあまりにも一方的だ。

場を収めるにしても、双方の言い分を聞くべきじゃない？

令嬢たちの反発を買ったことを、彼は分かっているのかしら。令嬢だけではない。今日の騒ぎはすぐに学院中へ、そしてその親へと広まるだろう。

公平な裁定《さいてい》を下すことができない王太子を、貴族たちはいつまで支えてくれるかしらね。

現在優位を誇っているとはいえ、王太子派は一枚岩ではない。情勢を見つつ離反を考える者が増えるかもしれないわ。


「おかげで最近はクラスの雰囲気が良くないんですの」

「まあ……ライナルトにも困ったものねえ」

国王の側妃であり、ライナルトの母親でもあるディートリンデ様がおっとりと首を傾げた。

王宮で開かれているディートリンデ様主催のお茶会に参加しているのは、私とライナルトの側近の婚約者たちだ。

彼女はこうやって時折、私たちを集めてお茶会を開く。この場へ呼ばれることは、貴族令嬢の憧れだ。この国で正妃の次に位《くらい》の高い女性であるディートリンデ様に呼ばれるのは、とても光栄なことなのだから。

お茶会の場では、王族や高官の妻の務めについて語って下さることもあれば、今日のように私たちの話をただ聞いて下さることもある。

「申し訳ございません。私が傍にいながらお止めできず」

「あら、カサンドラのせいじゃないわ。あの子が短慮なだけよ」

ディートリンデ様は私に優しく微笑みかけた。成人近い子供がいるとは思えないくらい、艶のある方だ。国王陛下もなかなかのイケオジだけど、ライナルトの端麗な容姿は母親似だと思う。

私の好みではないけれどね。むしろ陛下の方が……いえ、なんでもないわ。

「この国のために聖女様のお力が必要なのは分かっているけれど、ちょっと入れ込みすぎよねえ」

「ライナルト様だけではありませんわ。アレクシス様も、私の言葉など耳を貸して下さいません」

アレクシスの婚約者、ベティーナ・バートレット伯爵令嬢が悲しげな表情で語り始めた。

彼は父親のロイスナー騎士団長やベティーナが止めるのも聞かず魔獣討伐へ参加した挙句、大怪我をした。親の七光りで騎士になれたことをコンプレックスに感じていたアレクシスは、自分の力を示したくて焦っていたらしい。そこを愛菜に唆《そそのか》され、無謀な行動に出たのだ。

貴族として親に権威があることは幸いであり、それを利用するのはなんら悪いことではない。その環境で最善を尽くすべき。ベティーナは日頃からそう諫めていたが、アレクシスは愛菜の言葉の方を信じてしまった。

最近の彼は愛菜の傍から離れようとしない。ライナルトの護衛はいいのかと聞いたら、聖女の護衛は殿下の指示だと答えたそうだ。

「ベティーナは幼い頃からアレクシス様を慕っていましたものね。そのお気持ち、よく分かりますわ」

「ありがとうございます……。申し訳ございません。カサンドラ様とてお辛いでしょうに、私だけが愚痴《ぐち》ってしまって」

「気にしないでいいわ。友人だもの。愚痴くらい、いくらでも聞きますわ」

目に涙を溜める彼女の手を、私は優しく握った。ライナルトの浮気など本っ当に全く気にしていないことは言わないでおこう。

「ハインツ様もですわ。俺はオスヴァルト宰相とは違う人間なのだから、違う方法で認められてみせる！　と息巻いているのですけれど。どうにも空回りしているご様子です。聖女様の無責任な助言を信じる方が、どうかしていると思いますわ」

ハインツの婚約者、フランツィスカ・アーベライン伯爵令嬢が溜め息混じりにこぼした。

アーベライン伯爵は主に貴族を顧客とした商会を持っており、なかなかに商魂逞《しょうこんたくま》しい人物だ。彼女自身も父親の薫陶《くんとう》を受けているのか、損利《そんり》には厳しい考えを持っている。ハインツとの婚約も、伯爵家として利があるから結ばれたに過ぎない。

そのせいか、彼女の言葉はなかなかに辛辣《しんらつ》だ。少々貴族らしくない言葉選びだけれど私は結構好きよ、その物言い。

「ルドルフ様もですわ。最近では魔法局の研究会へ全く顔を出さず、家へ引きこもるか愛菜様のところへ入り浸《びた》っているとか」

「ローラントもそうよ。バーバラ様にも嫌な思いをさせているでしょう。ごめんなさいね」

ルドルフの婚約者キャスリン・ウォルシュ伯爵令嬢は諦め顔だ。一方でローラントの婚約者バーバラ・クリーヴズ伯爵令嬢は無言だったが、それは姉の私がいるので遠慮していたのだろう。水を向けたところ、「ローラント様も、当初は愛菜様を警戒なさっていたのですが……。今ではすっかり彼女へ入れ込んでおられるようなのです」と愚痴った。

全員、アレクシスと似たような状態だった。

名宰相と名高い父に憧れながらも、越えられない壁に苦しんでいたハインツも。

10年に一度の魔法の天才と言われながらも、研究成果を出せずにいたルドルフも。

他の側近に比べて突出した才がないことを、密《ひそ》かにコンプレックスにしていたローラントも。

おそらく、ライナルトも。

みんな愛菜の言葉で自信を取り戻し、あるいは彼女に癒しを求めて心酔《しんすい》してしまった。

婚約者の令嬢たちは心中複雑ではあるものの、目を瞑《つむ》ろうとしていた。学生の間くらい、恋を楽しむのもいいだろうと。

だけど彼らは堕落《だらく》の兆《きざ》しを見せ始めた。婚約者としてそれを防ごうとしただけなのに、忠言に耳を貸すどころか怒り出す始末。

本当に愚かだわ。

鬱屈を抱え、ひねくれた感情を持つのは成長途上の子供ならありがちなこと。だから天真爛《てんしんらん》漫《まん》な美少女の分かりやすい言葉にあっさりと引っかかったのだ。彼らは自分の本質を、愛菜だけは理解してくれたと思い込んでいる。

愛菜の言っていることは無責任な励ましでしかない。婚約者の令嬢たちの方が、よほど彼らの将来を真剣に考え、その気持ちに寄り添おうとしていたのに。

ハインツに至っては「それ以上うるさく言うなら、婚約を解消する」と、フランツィスカを脅したらしい。

自分が優位にあると信じて疑わないその態度。笑っちゃうわね。

ハインツにリスクがあると判断したら、フランツィスカもアーベライン伯爵も彼を切り捨てにかかるだろう。この様子では既にその方向で動いているかもしれないわ。

「最近では、婚約者が別人になったかのように感じることがありますの」

「ええ、私も……。少々不気味にすら思えますわ」

愛菜が小説のヒロインだと知っている私からすれば、それはこの世界の既定路線だからと理解できる。だけど彼女たちにとっては、別世界から来た得体《えたい》の知れない何かに侵食されているように感じるのかもしれない。

「あー！　皆さん、ここにいらしたんですね‼」

突然広間の扉がバタンと開かれ、場違いな声が響く。バタバタと足音を立ててテーブルへと走り寄ってきたのは——誰あろう、聖女愛菜その人だった。

王宮内を走り、理由もなく大声を上げるなんて貴族ならば子供でもやらない行為だ。下品とも言えるその態度に、茶会の参加者たちは一斉に眉を顰める。

「母上、お邪魔をして申し訳ありません」

「……ライナルト。貴方と彼女はなぜここにいるのかしら？」

愛菜の後ろから現れたライナルトに、ディートリンデ様が問いかけた。その横にいる小娘には一瞥《いちべつ》すらしない。にこやかな表情は崩していないが、その瞳には冷たい光が宿っている。

「母上が令嬢を招いた茶会を開いていると話したところ、愛菜が自分も参加したいと言いましたもので」

私は扇の陰で溜め息を吐いた。

ディートリンデ様が聞いているのはそういうことではない。なぜ呼んでもいない愛菜を連れてきたのかと聞いているのよ、このバカ王子。

「ライナルト様。この場に呼ばれているのは私たちだけですわ」

扇をパチンと閉じ、私は婚約者へ向き合った。大変に面倒だが、王太子の婚約者としてここはフォローしておくべきだろう。

「主催者に呼ばれていないにもかかわらず押しかけることがどれほど分別のない行為か、分からない貴方ではないでしょう。この場はお引き取りになられた方が賢明かと思いますわ」

「ごめんなさい、私が無理を言ったの。どうしてもカサンドラ様や皆様とお話ししたくて。ライナルトく……様は悪くないわ」

会話に割り込んだ愛菜に苛ついたが、努めて平静を装う。私は貴方と話していたつもりはないのだけれどね。

「話があるのなら、この場じゃなくてもいいでしょう」

「あのね、先日同級生の方たちとトラブルになったでしょう？　ハインツ君に相談したら、まずは令嬢の中で一番身分の高い方たちと仲良くなったらどうかって助言してくれたの！　この場にカサンドラ様やお友達の人が集まってるのなら、丁度いいと思って」

「私は貴方と仲良くするつもりなどございませんわ」

嫌悪の表情を露わにしたフランツィスカが言い放った。

彼女の婚約者であるハインツを名前で、しかも君づけで呼ぶなど。フランツィスカに対して喧嘩を売っているにも等しい行為だもの。そりゃ怒るわよ。

マナー講師は愛菜にいったい何を教えているのかしら？

「皆さんが私を快く思っていないことは知っているわ。きっと、お互いをよく知らないからすれ違いが生じているのよ。だからね、たっくさんお話しして仲良くなれば誤解が解けると思うの！」

「つまり令息だけでなく令嬢にも好かれたいから、私たちを利用したいという話でしょ？　どうして私たちが、貴方のためにそこまでしなければならないのかしら」

「利用なんて私、そんなつもりじゃ。ただ友人として仲良くなりたいと言っているだけで」

「私は貴方と親しくすることに価値を見出せないわ」

「そうね、私もそうだわ」「私も」、皆がフランツィスカに同意を示した。当然だろう。他者は自分のために働くのが当たり前だとでも思っているのかしら、この甘ちゃん聖女は。厚かましいことこの上ないわ。

「お前たち！　聖女に対してなんたる言いぐさだ！」

涙目《なみだめ》になった愛菜を庇うように、ずいと前へ出たライナルトが私たちを怒鳴りつけた。

「ライナルト君、怒らないで。私の考えが足りなかっただけだから……」

「愛菜、泣かなくていい。君はなんにも悪くない」

ライナルトは宥めるように愛菜の背へそっと手を添えた。彼女に対してはそんなに優しく接するくせに、私の助言には耳を貸すフリすらできないのね。

本当に愚かな男。この場は上辺《うわべ》だけでも取り繕うべきでしょうに。

「悪いのはカサンドラとその取り巻きだ」

「私の何が悪いのか分かりません。この茶会はディートリンデ様と私たちの交流の場です。愛菜様のお望みを叶《かな》えるのに相応しい場ではありませんわ」

「そうやって、いつも愛菜を仲間外れにしているんだろう？　いかにもお前らしい陰湿なやり方だ！」

「私は事実を述べているだけです。それともライナルト様は、この茶会をただのお喋りの場とでも思っておられるのですか？」

「女性のお茶会とはそういうものではないのか？」

……絶句。

他の令嬢たちは相手が王太子であるため沈黙を通しているが、内心呆れているだろう。

ライナルトはこの茶会の趣旨《しゅし》を全く理解していなかった。この様子だと、仲良し女子会とでも思っているのかもしれない。

いずれ国王となった時、彼を表の場で支えるのは側近や重臣などの男性だ。だがその妻たちだって裏から夫を、そして国王を支える。いわば女の政治だ。だからディートリンデ様は私たちを教え導《みちび》き、結束を高めようとしているのだ。

彼女がここまで心を砕いているのは、いったい誰のためなのか。

愛菜はともかく、王太子である彼がそんなことも分かっていないとは思わなかった。

話の通じない相手とこのまま議論を続けても平行線だろう。

どうやって追い出そうかしら。本当に面倒だこと。

「私はそこの聖女を招待した覚えはないわ」

ディートリンデ様の凛《りん》とした声が広間に響いた。

先ほどまでの穏やかな表情はどこにもない。憤怒《ふんぬ》に満ちた瞳は、怒気《どき》のオーラが見えそうなくらいの迫力だ。

彼女のこんな顔は初めて見たわ。ライナルトにうるさく付きまとう私を厳しく諫めた時ですら、こんなに怒りを前面に出してはいなかった。

「カサンドラの言う通り、貴方たちの行為は無礼そのものよ」

「それは理解していますが……。どうか、皆と仲良くなりたいという愛菜の気持ちも推し量《はか》っていただけませんか」

「その必要があると判断すれば、改めて招待します。今この場に貴方たちの席はありません。

下がりなさい」

ディートリンデ様に一刀両断されたライナルトは、渋々といった様子で愛菜と共に退室した。

一瞬だけ、私の方を見た彼と目が合う。その憎しみに満ちた瞳へ私は冷ややかな視線を返した。

◆◇◆◇◆

「さて、カサンドラ。お前の言い分を聞こうか」

翌日、私は生徒会室に呼び出された。

ライナルトの側近4人は勿論だが、なぜか愛菜の姿もある。

書記ペトラからの情報通りだ。愛菜は最近、休み時間は生徒会室で過ごしているらしい。王太子の婚約者である私ですら、許可がなければここへは立ち入れないのに。

もう1人の書記が苦言を呈したらしいが、ライナルトは「自分が許している。生徒会の仕事を見学することは愛菜の知見を広めるだろう」と答えたそうだ。どう考えてもこじつけである。

公私混同も甚だしいわね。

「なんの話か、さっぱり分かりませんが」

「とぼけるな！　昨日の茶会で、貴方が令嬢たちと寄ってたかって愛菜を貶《おとし》めたと聞いている。

彼女はあのあと、泣きながら帰ってきたんだぞ！」

私を怒鳴りつけたのはハインツだ。同じ侯爵家同士だからその乱暴な物言いには目を瞑るけれど、仮にも王太子の婚約者を怒鳴りつけるなんて無礼じゃない？

「私も他の令嬢たちも、意見を述べただけですわ。愛菜様の振る舞いが非常識だと。ディートリンデ様も仰っていたでしょう？」

ライナルトが苦々《にがにが》しいといった表情になった。彼はあのあと、ディートリンデ様にこってりと絞《しぼ》られたらしい。

「聖女様がどういうつもりかは関係ないわ。あの常軌《じょうき》を逸《いっ》した行動が結果として何をもたらすかが問題なのよ。聖女の後見《こうけん》というのなら、諌めるのも貴方の役目ではなくて？」と懇々《こんこん》と説教されたとか。

「なぜ愛菜様が孤立なさっているか、少し考えればお分かりになりません？　元の世界がどういうところかは存じませんが、異世界とこちらでは礼儀作法が異なります。今の振る舞いは、とても貴族社会で受け入れられるとは思えません」

「君や母上の言うことも分かるが、愛菜はこの世界に来たばかりなのだ。幼い頃から礼儀作法を叩き込まれた君たちとは違う。もう少し寛大《かんだい》な目で見られないのか」

愛菜が召喚されて半年以上経っている。その間に王宮で最高峰のマナー教育を受けたのだから、そんな言い訳は通じない。

知っているわよ。全然マナーが身につかないから、講師に匙《さじ》を投げられたんでしょう？

「マナーについては目を瞑るにしても。殿方との積極的な触れ合いは、正直に申し上げて不貞《ふてい》をしていると見られてもおかしくございませんわ。愛菜様はもう少し、聖女というお立場を考慮なさるべきかと思います」

「不貞などと……君が不埒な考えを持っているからそう見えるだけだろう。俺たちの中に、そんなやましい気持ちを持つ者などいない」

「貴方は愛菜がライナルト殿下の傍にいることに、嫉妬しているだけだろう？　だから令嬢たちを使って、彼女を虐めているに違いない！」

失敬な。確かに私は愛菜を追い落とそうとしているけれど、虐めなんて幼稚な手段は使わないわ。

小説では、愛菜はもっと直接的な嫌がらせを受けていた。主犯は同級生の令嬢だが、扇動《せんどう》したのはカサンドラだ。

この世界でも令嬢たちが愛菜を虐めようとしていたのは事実。さりげなく「あの聖女、生意気だと思いませんこと？」と囁いて、私を仲間に引き込もうとした者さえいる。

私はむしろ、彼女たちを諫めた。

そんなことをしても一時的に気が晴れるだけ。それより聖女を虐めたという事実が残ってしまうことの方がよろしくない。自分の将来を考えるなら、令息たちの動向など見ないフリをした方がいい。どうせ学生の間の火遊びだ、と。

ちなみに私を唆そうとした令嬢は、私の取り巻きからは弾き出したわ。慌ててすり寄ってきたけどベティーナとフランツィスカが追い払った。

自分で手を下す度胸も策を弄《ろう》する知能もないくせにこの私を使おうなんて、生意気なのよ。私の目の前から消えて頂戴。

「王太子殿下の婚約者である貴方にとって、愛菜はさぞや目障りなのだろうな。貴方ならば令嬢たちを扇動するくらい、簡単なことだろう？」

「側妃様も、父親の力を使って抱き込んだに違いない。見下げ果てた根性だ」

「取り巻きを使って愛菜を排除しようとするとは……恥を知れ」

「見損ないましたよ、姉上。そのように狭量な者に、未来の国母が務まるとお思いですか」

側近たちは口々に私を非難する。

仮に私が本当に令嬢たちと共に愛菜を虐めたとして、こうやって1人の女を寄ってたかって責め立てる貴方たちの行為は正しいとでも？

以前はもう少し理性のある者たちだったと思うけれど。

ライナルトもそうだが、愛菜に堕《お》ちた者は知能指数が20くらい下がってるんじゃないかしら。

……決めたわ。

愛菜と一緒に貴方たち側近も追い落とす。それはもう、徹底的に。

有能ならばまだ使い道もあるけれど、こんな無能な奴らは必要ないどころか害悪だもの。私へ喧嘩を売ったこと、せいぜい後悔なさいな。

「みんな、やめてっ！　私が悪いんだもの。カサンドラ様を責めないで」

険悪な雰囲気になったところで愛菜が止めに入った。

その表情は真剣だ。

あざとい女と思っていたけれど、どうやら彼女は本当に悪気《わるぎ》がないらしい。こういう手合いは厄介《やっかい》だ。悪気があるよりよほどタチが悪い。

聖女様。私、貴方が大嫌いだわ。

誰にでも優しくて、無垢《むく》で、愛らしい少女。貴方はきっと、世の不条理や悪意になんて直面したことがないのでしょうね。貴方の瞳を絶望と怨嗟《えんさ》で濁《にご》らせたら……どんなに愉しいかしら。

男どもは垂れ下がった目で愛菜を眺め、「愛菜は本当に優しいな。カサンドラ様や俺の婚約者とは大違いだ」なんてのたまっている。

やましい気持ちがないなんてよく言えたものだわ。彼女の騎士《ナイト》を気取っておいて、仲間内で牽制《けんせい》し合ってるくせに。下心《したごころ》が透けて見えるわよ。

今のところは私を仮想敵にすることで一致団結しているようだけれど。もし誰かが抜け駆けでもしたら、彼らの結束などすぐに瓦解《がかい》するでしょうね。

「カサンドラ。俺は君に彼女をよろしくと言ったはずだ。他の令嬢が愛菜を弾き出そうとしたのなら、君が率先して彼女を輪に入れるくらいの気配りをするべきだろう」

「畏まりました。以後気をつけますわ」

「もう行っていい」

一礼して退室する私を、側近たちは憎々しいとでも言わんばかりの目で睨みつけていた。

そんな態度でいられるのも今のうち。いずれ、お前たちは私に敗北するのよ。

彼らの顔が屈辱《くつじょく》と絶望に歪《ゆが》む様を想像すると、ゾクゾクするような快感が背筋を走る。

ふふふ。その瞬間が楽しみだわ。

3章　悪役令嬢、暗躍する

大通りから少し離れた裏道にある酒場は男たちで賑わっていた。

夕刻近くなり、日が陰ってくると王都といえど人出はまばらになる。その代わりにこの手の安酒場には、吸い込まれたかのように人が集まってくるのだ。

仕事帰りに一杯やりたい者や、食事と酒を求める旅人たち。酒の勢いを借りて軽くなった口からは様々な話題が飛び出す。その中で最も彼らの興味を惹くのは、未だにこのカシハイム王国を席巻《せっけん》している疫病のことだ。

「疫病のせいで一時期は出入りが制限されてどうなるかと思ったが、ちったあ落ち着いてきたみたいだな」

「王宮が発表した聖女？　とやらはどうなったんだ。役に立ったのか？」

「貴族ばかり治療してるって話だぜ。どうせ俺たち平民は後回しなんだろ」

「なんだそりゃあ。結局、お貴族様のために喚んだってことか」

「いつになったら治療してもらえるか分からない聖女サマより、ニルチナの薬を買った方がよっぽどいいんじゃねえか？」

「だよなあ。銅貨2枚はちっと痛いが、それで病気にかからないんだったらそっちを選ぶよな」

唾を飛ばしながら話す彼らの傍へ、アタシは「ちょいとごめんよぅ」と言いつつさりげなく近寄った。

「何だセルマ。また悪さしに来たのか」

「今日は酒屋の配達だよ。アタシだって最近はちゃあんと働いてるんだ」

「本当かぁ～？」

こいつらはこの近くで働いてる職人や下働きで、アタシとは顔見知りだ。ゲラゲラと笑う彼らの1人がアタシの頭を拳骨《げんこつ》でぐりぐりした。ムカっ腹《ぱら》が立つけどここは我慢《がまん》だ。

「その聖女サマなんだけどさ。最近流行ってる『聖騎士の凱旋《がいせん》』って小説に出てくる悪女のモデルかもしれないって噂、知ってるか？」

「ああ？　知らねえよ。俺たちに小説なんてもん買う余裕あると思うか」

「あー、聞いたことあるぜ。勤め先のお嬢様がその小説にハマってたわ」

商家の下働きをしているという男が、お嬢様から聞いたというその内容について語った。

疫病に見舞われた国を救うために、異世界から召喚された美しい聖女と愛し合う王太子。だが、実は彼女は魔王の手先だった。聖女は愚かな王太子や側近たちを手玉に取り、贅沢三昧で国庫が傾くほどの散財を繰り返す。忠臣の諫言にも耳を貸さず聖女へと溺《おぼ》れる王家のせいで国が滅びかけたところに、現れた聖騎士が聖女を倒し、平和が訪れるストーリーだ。

「聖女サマは小説みたいに殿下に取り入って、ドレスとか宝石とか山ほど買わせてるって」

「そりゃひでぇ。俺たちが疫病やら不作やらで辛い思いしてるってのに、いいご身分だな。案外、本当に魔族なんじゃねえか？」

聖女の悪口で盛り上がり始めた彼らから、アタシはそっと立ち去った。目的は果たしたんだから長居は不要だ。


「勤め先や下町の酒場を中心に噂を流しました」

「そう。ご苦労様」

今日は主人への定期報告のため、ヴェンデル侯爵邸にいる。といってもアタシみたいな平民の孤児が邸内を歩くわけにはいかないので、密会場所はあの地下室だ。隠し扉から入るので人目に付くことはない。侯爵一族と主だった使用人以外に隠し扉の場所は秘密らしく、待ち合わせ場所で目隠しをしてから連れてこられる。一度こっそり目隠しを外そうとしたら、同伴していたバニーにしこたま怒られた。

男どもが話題にしていた小説は、目の前の主人――カサンドラ様が侯爵家お抱えの物書き《ライター》に書かせたものだ。自国内では出どころがバレるから、隣の国で売り出してから商人を伝って徐々にこの王都へ広めたらしい。

王都の富裕層へ行き渡ったあたりで、小説のモデルが聖女サマでは？　という噂を流す。貴族などの上流階級は暗部の、下流階級はアタシたちの担当だ。

随分遠回しなやり方だと思う。時間も手間もかかる。そんなに聖女が邪魔なら直接排除すればよ？　と聞いたことがあるけれど、それじゃカサンドラ様が疑われるから駄目なんだって。お貴族様のやり方は面倒くさい。

「じゃあ今月分の報酬《ほうしゅう》よ。よくやってくれたから、少しおまけしといたわ」

カサンドラ様の指示を受けたバニーが銅貨の入った袋をアタシへ手渡した。

「ありがとう……ゴザイマス」

「ふふっ。だいぶ言葉遣いも矯正《きょうせい》されてきたわね」

ちなみに、今回動いたのはアタシだけじゃない。仲間の孤児たち全員だ。

アタシたちはあのあと、郊外のとある家に連れていかれた。そこに住む老女は以前侯爵家に仕えていた侍女なんだそうだ。彼女はアタシたちの身なりを整え、行儀作法と簡単な読み書きを教えた。面倒がって逃げようとした奴もいたが、老女に怒鳴られて大人しくなった。年寄りのくせにスゴい迫力だ。

その後、仲間たちは色々なところへ下働きとして奉公《ほうこう》に出された。商家や鍛冶《かじ》屋、果物屋、洗濯屋……。

最初は奉公先の愚痴ばかり言っていたアイツらも、今では真面目に働いてる。ちゃんと働いていれば食べ物には困らないと分かったからだ。

アタシはといえば特定の奉公先は持たず、色々なところで日雇いのような仕事をしている。カサンドラ様曰く、「貴方は司令塔なのだから、自由の利く身でいた方がいいわ」だって。

何かやらせたいことがあれば、アタシを通して仲間たちに手伝わせるってわけ。今回の噂も彼らが奉公先で囁いてくれたから、素早く広がった。なんで同じところへ勤めさせてくれないのかと思ってたけど、様々な職種に網《あみ》を張るのが目的だということは、薄々分かってきた。

カサンドラ様は貴族にしちゃあ変わったお嬢さんだ。最初に会った時は高飛車《たかびしゃ》で嫌な女だと思ったし、今でもそのイメージは変わらない。

貴族なんて、平民のことは犬っころと同じくらいにしか思ってない奴らばかりだ。アタシたち孤児を見たどっかのご夫人に「目に入れるのも汚らしい」と言われたこともある。ちょっとでも貴族連中の気に障れば、殺されても文句は言えない。

だけどカサンドラ様は違う。少なくとも彼女はちゃんとアタシの目を見て話をしてくれる。

こうやって仕事で成果を出せば報酬をもらえるし、褒めてもらえる時すらある。

カサンドラ様は「彼らと私の違いは、差別しているか区別しているかということだけよ」と言ってたけど、難しくてよく分からない。

扱いが悪けりゃ隙を見て逃げ出そうと思ってたけど、今の生活は悪くない。盗んだパン1個を皆で分け合っていた頃に比べたら、今の方がずっといい。だからもう少し、この変わったお嬢様の下にいてもいいかなと思う。

◆◇◆◇◆

「治療費の免除？」

「この国では、お医者様にかかれるのはお金のある人たちだけなんでしょう？　それは良くないわ。健康は命に関わることだもの。お金のあるなしに関係なく、平等に機会が与えられるべきだと思う！」

定例のライナルトとのお茶会で、愛菜がキラキラと目を輝かせながら熱弁した。婚約者同士の交流の場であるのに愛菜が当たり前のように同席していることについては、この際置いておこう。

「愛菜のいた世界では、国が治療費の一部を負担するらしい。そうすることで国民は気軽に医療を受けられる。素晴らしい制度だと思わないか？」

つまり健康保険制度のことである。

陛下は父の進言を受け、各地に施療院《せりょういん》を設置して疫病患者を収容した。ここにいれば平民でも治療を受けられるという触れ込みだが、実際のところは隔離施設に過ぎない。そもそも患者全員を治療できる人手などないのだ。

若く体力のある者は自力で回復し隔離を解除されることもあるが、年輩者や子供は死を待つばかりのケースも多い。地方の施療院はもっとひどい状態だろう。

施療院を見学したいと言い出した愛菜は、周囲の反対を押しきって訪問し、その様子にショックを受けた。特に幼い子供が苦しんでいる様に心を痛めたらしい。

「子供は国の宝でしょう？　それなのに満足な治療も受けられないなんて、あり得ないわ」

「愛菜の言う通りだ。子供たちは将来この国を担う存在。それを見捨てるのは、我が国にとっても重大な損失だ」

私は吹き出しそうになるのを懸命《けんめい》に堪《こら》えた。だって、あまりにも短絡的なんですもの。

子供たちだけでも助ける。

そのくらい、陛下や重臣だって考えたに決まってるでしょう。だけど国庫にだって限りはある。医師や治癒師の数も足りない。だから心を鬼にして、救える者だけ救おうとしているのよ。今だって、王家は医師の人数を増やそうと助成金を出したり、他国から招聘《しょうへい》したりしているわ。それが執政者というものでしょう。まあ、遅きに失したところもあるけれど。

「結構なお考えだと思いますわ。ですが、その財源はどうなさるおつもりなのです？」

「えっと、それは……陛下に頼んで？」

愛菜の言葉が尻すぼみになる。

思った通りだ。

彼女は保険制度がどういう仕組みなのかもよく分かっていないのだろう。あくまでサービスを受ける利用者目線でものを言っている。

この様子だと、親が健康保険料を支払っていたことも知らないいんじゃないかしら。

「正気ですか？　全国民の治療費を賄《まかな》うなんて、国庫の中身を空っぽにしても足りませんわよ」

「貴族たちにも出資させればいいだろう。自分の領民を守るためなんだから」

「彼らが協力するとは思えませんわね」

ただでさえ、平民など放っといてもまた増える家畜《かちく》くらいにしか思っていない連中だ。自分の利益に繋がらない制度を提案されても従うわけがない。

「話し合えば分かってもらえるわ。この国のためなんだもん」

「貴族たちに提示できる利はありますの？　それを示さなければ彼らは従いませんわよ」

「自分の利益しか考えていないんだな。そうやって反対ばかりするが、君こそ何か役に立つ提案を一度でもしたことがあるのか？　仮にも未来の王妃なのだ。茶会にばかり精を出さず、この国のために協力する姿勢を見せようとは思わないのか」

その言い草にカチンとくるが、私は怒りを抑えた。

普通の女子高生に過ぎなかった愛菜が社会制度に考慮が及ばないのは仕方ない。だけどライナルト、貴方は王太子なのよ？　なぜ統《す》べる者としての目線を持てないのか。

「病人の隔離や安価な薬草の流通を陛下に提言したのは父ですわ。私も及ばずながら、薬草の開発には携わっていますの」

「そうなのか？　君が関わっていたとは聞いてないが」

父は全部自分の手柄みたいに言いふらしていたものね。それに私にとってはこの国のためというより愛菜を潰すための策だから、殊更《ことさら》に喧伝《けんでん》するつもりはなかった。だから黙っていたのに……つい気が立って喋ってしまったわ。私としたことが、こんな考えの足りない子供の言葉に対して感情的になるなんて。

玲子ならばこんな失態は犯さなかったと思う。今の私は、多少なりともカサンドラの精神に引きずられているのかもしれないわね。

「父の指示ですから、取り立てて言うことではないと思いましたの。それはともかく、愛菜様の博愛精神は素晴らしいですが現実味に欠けますわ。陛下へ提案するにしても、もう少し対策を練った方が良いのでは？」

「そんなことは分かっている。できれば君やヴェンデル侯爵にも協力して欲しかったが、どうやら理解はしてくれないようだな。もういい。俺はこれで失礼する。愛菜、行こう」

ライナルトは愛菜を引っ張って去っていった。

王宮侍女たちの気の毒そうな視線を受けつつ、私は残っていたお菓子を摘《つま》んだ。ここのお菓子は美味しいんですもの。残すのは勿体《もったい》ないわ。

それにしても、婚約者同士の交流会をなんだと思ってるのかしらね、あのバカ王子は。

どうせ侍女から王妃様や側妃様に今日のことは伝わるでしょう。こってり絞られるといいわ。

その後、ライナルトは保険制度について側近たちと共に提案書を作り、重臣会議へ意気揚々と乗り込んできたそうだ。しかし彼を待っていたのは大臣たちの失笑だった。

王太子が何やらおかしな案を考えているという情報は、父を通して上層部に周知済み。陛下と宰相は頭を抱えていたそうよ。

結局現実味がないと陛下から却下され、ライナルトたちは退出を命じられたそうだ。

陛下に怒られたライナルトのシオシオとした顔、見てみたかったわね。さぞや笑えたことでしょう。

「ギレッセン商会長、久しぶりね」

「お久しぶりでございます、カサンドラお嬢様。お嬢様からお呼び立てとは珍しいですな」

目の前にいるでっぷりと太った男は、ぎらぎらと脂《あぶら》ぎった顔に愛想笑いを浮かべている。さぞ金がかかったであろう高級な服に身を包んではいるが、当人から滲み出る品性のなさは服装ではごまかしきれない。

「今日は貴方に頼みたいことがあってお呼びしたのよ」

「はて、どのようなご依頼でしょう。ディールス商会では手に入らないものですかな？」

ディールスはヴェンデル侯爵家の専属商会だ。父や私だけでなく使用人の服から生活必需品に至るまで、我が家で使用する物品はこの商会から購入することになっている。表向きは。

裏取引、すなわち後ろ暗い取引をする際に使用するのが、このゲルルフ・ギレッセンを会長とするギレッセン商会なのである。ギレッセン商会は彼の代で飛躍的に儲《もう》けを増やし今や飛ぶ鳥を落とす勢いだが、それは色々と危ない橋を渡ってきたゆえだろう。カサンドラ自身は今までこの商会を利用したことはない。父がギレッセンを呼び出した際、顔を合わせた程度だ。

「貴方から物を買いたいわけではないのよ。いえ、ある意味取引ではあるけれど」

「はて？」

「ギレッセン商会では布製品も扱っているでしょう？　その力を使って、絹織物《きぬおりもの》の販路《はんろ》へ割り込んで欲しいの。特に南部産のものね」

「南部産の絹といえばグラウン子爵領で……ははぁ、そういうことですか」

合点《がてん》がいったらしいゲルルフはふんふんと頷《うなず》いている。

流石はやり手の悪徳商人、頭が切れるわね。

「王太子殿下の寵を受けるかの聖女は、お嬢様にとってさぞや目障りでしょう。グラウン子爵家の主産業に痛手を与えるとは、なかなかあくどい手をお考えなさる……おっと失礼」

「構わなくてよ。それで、返事は？」

「この件、ヴェンデル侯爵はご存じで？」

「知らないわ。報告するかどうかは任せるわよ」

ゲルルフは表情を変えず、目玉だけを動かした。頭の中でそろばん勘定《かんじょう》でもしているのだろう。

私の依頼はなかなかに手間のかかるものだ。今の私は父の庇護《ひご》下にある小娘に過ぎない。現状、ゲルルフが私に従う利を見出せないのは当然だ。

彼が即答しないであろうことは予想していたわ。次の手を打ちましょう。

「ところで貴方……バッヘム大臣と随分仲が良いらしいわね」

バッヘム大臣とギレッセン商会が癒着《ゆちゃく》しているという情報は掴んでいる。バッハム大臣は重臣では一番若く、品行方正で知られる人物だ。その堅い性格から法務関係の部署を任されている。そんな人が賄賂《わいろ》に手を染めていると知られたら、大層なスキャンダルになるでしょうね。

「確かにバッヘム様とはお取引をさせていただいてますが、「至極真っ当な商売でございますよ」

シレっと答えたゲルルフに失笑が漏れそうになる。闇商人が真っ当な商売ですって！　随分皮肉の効いた冗談だ。

「ニリッツェラドの先物取引は、上手くいかなかったようね」

「……流石はカサンドラお嬢様、よくご存じで」

バッヘム大臣の次男は現在、領地の片隅で執務補佐をしている。補佐とは名ばかりの、使用人のような扱いらしい。重臣の子息ともあろう者がなんでそんなことになっているのか、不思議に思うでしょう？

暗部の調査によれば、次男は学院卒業後に自ら商会を立ち上げたらしい。跡を継げない次男だからと生計《たつき》の道を探したのはまあ、いい。だが彼には商才がなかったようだ。先物取引に手を出して失敗。多額の借金を抱え、取引先の商会から訴えられそうになった。

しかも借金の際、勝手にバッヘム大臣の名を使っていたらしい。そんなことが公《おおやけ》になれば、大臣の地位にはいられないだろう。

にっちもさっちもいかなくなったところへ、手を差しのべたのがゲルルフだった。借金の支払いに噂の揉み消し。その大金の代わりに、彼は王宮へ出入りする権利を得た。おそらく機密情報も流させているでしょうね。

実のところ、バッヘム大臣の息子へ先物取引を唆したのもゲルルフの仕業《しわざ》だ。

重臣たちは大抵どこかの商人と繋がっている。バッヘム大臣だけはある意味空白地帯だった。そこへ策を使って食い込んだというわけ。バッヘム大臣はハメられたとは気付いていないみたいだけど、脇《わき》が甘いわね。そんな体たらくで、よく一国の大臣が務まるものだわ。

「私をどこぞへ突き出すおつもりですかな？　そんなことをすればお父様に叱られますぞ」

暗に彼の所業を知っていると突き付けられても、ゲルルフはにこやかな表情を崩さない。慇懃《いんぎん》無礼《ぶれい》ながらその目にはどこか侮《あなど》っている風がある。世間知らずの小娘が賄賂の件を聞きつけ、見当違いの正義感を振りかざそうとしたとでも思っているのかもしれない。

お生憎《あいにく》様。私、小娘ではなくてよ。

「ああ、勘違いしないで。責めてるわけじゃないのよ」

この程度の策謀《さくぼう》くらい、貴族なら多かれ少なかれやっていること。引っかかる方が迂闊《うかつ》なだけだ。

役人と商人の癒着なんて今に始まったことじゃないし、賄賂云々を格別悪いこととは思わないわ。前世では政治家やらテレビ局のお偉いさんやらによく賄賂を贈ったものだ。それで経済が回っているのならば、問題ないでしょう。

「ライナルト殿下が、贈賄に関する取り締まりを強化しようとしているらしいわ」

「私のところにはそのような情報は来ておりませんな」

ライナルトとハインツは懲りずに様々な献策を行っている。どれも絵空事《えそらごと》の子供じみた案だ。愛菜に感化されたのでしょうね。本当にはた迷惑な聖女だこと。

「殿下が言っているだけよ。重臣たちが潰すでしょうけど、何かしら動きがあるかもしれないわ。しばらくは大人しくしていた方がよくてよ。痛い腹を探られたくなかったらね」

「なるほど。ご助言感謝致します。……分かりました。絹織物の件、お任せ下さいませ」

「頼んだわよ」

取引は成功。ゲルルフは私と繋がっていれば、王太子の情報を迅速に得られると踏んだのだろう。今回ばかりはチョロ王子の愚行《ぐこう》に感謝した方がいいかもしれないわね。

「お嬢様。例の件、ご指示通りに致しました」

「想定通りになったようね」

「はい。暴動になりかけましたが、神殿騎士が出てきたため収まりました」

バニーの報告を聞きつつ、私は手を休めず書類に向かう。王太子妃教育がほぼ終わったとはいえやることは山積みだ。その上、最近では王太子の執務の一部も担っている。

あのバカ王子と側近たちが、愛菜にかまけて執務をおろそかにするからよ。陛下や王妃様もライナルトに対してかなり厳しい目を向けつつある。

ま、丁度いいけれどね。

ライナルトたちの評価が下がるほど、王太子の婚約者として正しく立ち回る私の評価は相対的に上がる。そのためにも執務は完璧にこなさないとならない。私が将来、国政の実権を握るためにも。

治癒魔法をマスターした愛菜とライナルトは、遅まきながら疫病の根絶へ向けて動きを開始した。先んじて彼女の治癒を受けられたのは王族や貴族の患者。愛菜は平民の治療をしたがっていたけれど、まずは貴族が優先だと圧力をかけられたらしい。

それがようやく落ち着いたため、今度こそ平民の治療を行うことになり、ライナルトは大々的に触れを出した。「疫病にかかった者は貴族平民問わず聖女が治療を行うため、神殿へ来るべし」と。

どうなったと思う？

お金がない平民たちが押しかけたの。神殿前は押すな押すなの大行列。疫病にかかれば強制的に隔離施設へ入れられると知っていた彼らは、病気を隠していたのよ。

そんなこととは想定していなかった現場は大混乱。何時間も待たされた平民たちはイライラし始め、ついには列に横入りしたしてないと喧嘩を始めた。

「お前たち、騒ぎを起こすんじゃないっ。ちゃんと全員治すから、大人しく並んでいろ!」

「いつになったら治療してもらえるんだよ。そっちが俺たちに来いって言ったんだから、きちんと対応してくれよ!」

「大体、そこの聖女様がモタモタしてるのが悪ぃんじゃないか!」

1人の男がそう叫んだのをきっかけに、彼らの怒りは愛菜へと向かった。

「アンタが貴族の治療ばっかり優先するから、病人が増えたんだろうが!」

「王太子殿下とイチャついて、高価なもの買ってもらってんだろ? いいご身分だなあ!」

1人の怒りが2人3人と広がっていき、ついに暴徒と化した彼らは神殿へ押し寄せた。中には石を投げつけてきた者もいるらしい。

ライナルトや護衛騎士が愛菜と共に這々《ほうほう》の体で逃げ出す様は、多くの人間に目撃された。今頃は王都中でさぞや面白おかしく語られているでしょうね。

「人数制限をするとか町ごとに区切って実施するとか、いくらでもやりようはあったでしょうに。手際《てぎわ》が悪すぎるわ。ハインツやローラントは何をしていたのかしら」

「王太子殿下は側近共々、国王陛下からきつく叱責されたそうです」

「ほほほ。さぞしょげ返っていたでしょうねえ」

考えなしに動くからそうなるのよ。いい気味だわ。

そもそも神殿での公開治療に、陛下は反対していた。病人の数は徐々にだが減りつつある。父を通して提唱した疫病対策が功を奏したのもあるだろうが、これだけ病が行き渡ったのだから人々の身体に抗体ができつつあるのかもしれない。

それに愛菜がどれだけ治癒魔法に長《た》けていようが、1人で治せる人数には限界がある。そこへわざわざ人手を割《さ》いて注力する意味はないでしょう。

神殿だってあまりいい顔をしなかったのに、ライナルトは公開治療を強引に押し進めた。

その結果が暴動騒ぎだもの。そりゃ陛下も怒るわよ。

ま、どんなに計画を上手く進めたとしても失敗に終わったでしょうけどね。

あの騒ぎを起こさせたのは私だもの。

公開治療の計画を知った私は、予《あらかじ》め患者の行列に暗部のジョンを紛れ込ませておいた。最初に愛菜へ批判的な声を上げた男は、変装したジョンだったのだ。

民衆は疫病の蔓延による先行きの不安と王家への不満を抱えている。だから誰か1人が声を上げれば、その怒りは一気に伝播《でんぱ》する。勿論、あの小説本による噂も一役買っているだろう。

誰彼構わず救おうなんて傲慢、通るわけがないのよ。

それでも成し遂げるのが聖女？　よしんばそうだとしても、私がその全てを叩き潰すわ。それが悪役令嬢の存在意義ですもの。

◆◇◆◇◆

きらびやかに着飾った紳士淑女で溢れる大広間。そこかしこで歓談のざわめきが響き、集中しなければ会話もままならないほどだ。

私はライナルトと共にこの夜会へ参加した。といっても、今は1人である。私を会場までエスコートした彼は、「すまないが、所用がある」と言ってそそくさとその場をあとにしたのだ。

「所用、ねぇ……」

何も聞かされていないが知っている。彼は愛菜を連れに行ったのだ。

小説では今日の夜会で事件が発生し、愛菜の力で解決へと導かれる。彼女がカシハイム王国の貴族たちから認められていくターニングポイントなのだ。

「ごきげんよう、アーベライン伯爵夫人。ご無沙汰しております」

「まあカサンドラ様、ごきげんよう。いつも娘がお世話になっておりますようで」

「いえいえ、私の方こそ優秀なフランツィスカ様と仲良くしていただいて、大変ありがたいと思っておりますの。ところでアーベライン伯爵領では今年リンゴが大豊作の見込みとか？」

「ええ、そうなんですのよ。流石はカサンドラ様、お耳が早いですわね」

彼女はハインツの婚約者、フランツィスカの母親だ。アーベライン家の経営するディールス商会はヴェンデル侯爵家の専属商会であるため、私は幼い頃から彼女と面識がある。

和《なご》やかに世間話に興じつつ、私は周囲へ意識を張り巡らせた。目的の相手を見つけるためだ。

人混みに紛れながらも、私たちを凝視《ぎょうし》している相手——ゲアリンデ・ケルステン子爵夫人。

彼女が今夜、事件を起こすはずなのだ。

ケルステン子爵夫人とアーベライン伯爵夫人の仲の悪さは社交界では周知の事実である。専《もっぱ》ら、ケルステン子爵夫人の方が伯爵夫人へと突っかかっているらしい。

彼女は元々、アーベライン伯爵——当時は伯爵令息だったが、その婚約者だった。だが奔放《ほんぽう》な性格のゲアリンデは他の令息たちとも親しくしていたらしい。幾度も噂に上るほどに。そしてついに伯爵令息から愛想を尽かされ、婚約は解消。そしてアーベライン伯爵令息は新たに婚約した今の夫人と結婚したのだ。

実のところ、親しいといっても本当に不貞をしていたわけではなく、ちょっとしたアバンチュールを楽しんでいただけらしい。泣いて婚約解消の撤回を頼んだが相手にされなかったそうだ。さらにこの醜聞が社交界中に広まったせいでゲアリンデは嫁ぎ先を探すのに苦労し、最終的に子爵家へと嫁いだ。

2人とも成人近い子供を持つ年齢だ。今さら若い頃の婚約者に未練があるのか？　と疑問だったが、そういうことではないらしい。

自分の美貌に自信を持っていた彼女は、現状が不満なのだ。自分が格下の子爵家へ嫁いだのも。自分を捨てた元婚約者が、勉強はできるが美貌では劣る女性と結婚したのも。

高位貴族ならば素行の悪い女性より、教養に長けた女性を妻に選ぶのは当たり前だと思うけれどね。とにかく彼女は自分の振る舞いを棚《たな》に上げ、アーベライン伯爵夫人を目の敵《かたき》にしているのだ。

物語によれば彼女は今夜、アーベライン伯爵夫人に媚薬《びやく》を仕込んだシャンパンを飲ませる。さらに女遊びで悪評高い令息を焚《た》きつけて淫《みだ》らな行為をさせ、それを暴《あば》いて彼女を貶めるつもりだったらしい。だがそうとは知らぬ愛菜が気分の悪くなったアーベライン伯爵夫人へ治癒魔法をかけたことで、媚薬の効果がなくなってしまう。さらに愛菜とライナルトの活躍により、ケルステン子爵夫人が犯人として捕らえられる。

小説前半の見せ場の1つだ。

無論、筋書き通りに進ませるつもりなどない。そのために、私はアーベライン伯爵夫人へ張りついているのだから。

そうして数十分経った頃、突如、会場の入り口付近がざわめいた。ライナルトが愛菜を伴って入ってきたのだ。後ろには金魚のフンの如く側近たちが寄り添っている。

彼らは夜会に参加している貴族たちに愛菜を引き合わせ、熱心に彼女を褒め称《たた》えていた。高い治癒能力を持っているだとか、この世界にはない知識を持っているとか。

愛菜が疫病に対してなんの成果も出せないどころか、先日暴動騒ぎまで起こしたことは貴族なら誰でも知っている。そのため聖女の召喚が不要だったのでは？　という声さえ出ているらしい。だからライナルトたちは愛菜の評価を上げようと必死なのだ。

涙ぐましい努力ね。いっそ笑えるわ。

お前たちはいつも、動くのが遅すぎる。兵は拙速《せっそく》を尊ぶと言うでしょう？　できる人間は仕事が早いものなのよ。

「あれが聖女様？」

「確かにお美しい方ね。それにしても……随分王太子殿下と親しげですこと」

「やはりあの噂は本当なのかしら」

ライナルトは気付いていないのかしら。貴族たちから冷ややかな目で見られていることに。

公式の場で婚約者たる私を放っておいて聖女をエスコートしている。それがどれほど非常識なことか、分かっていないのは彼らだけだ。それにチョロ王子やバカ側近どもが学院で彼女に侍っている様は、生徒たちからその親へと伝わっているはず。

『大した能力もない聖女をそこまで持ち上げるのは、彼女が王太子と不貞をしているからでは？』

この場にいる者は皆、そう思っているのだ。そんな相手にどれだけ聖女の有用性を説こうが聞き入れられるわけはない。相手が王太子だから態度には出さないが、貴族たちは心中で嘲笑っていることだろう。

さて。道化者は放っといて、そろそろ動こうかしら。

「少し暑いですわね。喉《のど》が渇きましたわ」

「飲み物を持ってこさせましょう」

「ありがとうございます。私は葡萄《ぶどう》ジュースをお願いしますわ」

「では、私はシャンパンを」

アーベライン伯爵夫人がメイドに飲み物を持ってくるよう命じた。ケルステン子爵夫人はこの機会を逃さず仕掛けてくるだろう。私はこっそりと、近くにいるであろう暗部に合図をする。

「愛菜様～！」

そしてわざと大きな声を出して、ライナルトの傍で退屈そうに立っている愛菜へ声をかけた。にこやかに手を振る私に気付いた彼女は、「あ〜、カサンドラ様だ〜」と暢気《のんき》な声を上げて駆け寄ってくる。

マナーを知らない子供のような振る舞いは相変わらずだ。側妃様からの指示で再度マナー講師による特別講習を行ったらしいけど、意味がなかったようね。

「あっ、危ないわ！」

悲鳴と、グラスの割れる音が響く。

私たちへ飲み物を持ってきたメイドと愛菜がぶつかったのだ。尻餅《しりもち》をついて目を回している愛菜はシャンパンをかぶったらしく、頭が濡れている。

「も、申し訳ございません‼」

「愛菜様、お怪我はございませんか？」

「何があった！　愛菜っ、無事か⁉」

愛菜の傍にいた私を突き飛ばして、ライナルトと側近たちが彼女へ駆け寄った。彼らは膝を突いて愛菜を囲み「怪我は？」「びしょ濡れだ。これを使って」とちやほやしている。

それを目にした参加者たちが眉を顰めながらヒソヒソと話している様子には、全く気付かないらしい。

「あれ……ライナルト君……？」

愛菜はぼうっとした様子で、その頬は赤みを帯びている。その潤《うる》んだ瞳でライナルトを見つめたかと思うと……愛菜は急に彼へ抱きついた。

「ど、どうしたんだ、愛菜!?」

「様子がおかしいぞ……」

「ねぇ～、どうして嫌がるのぉ～？」

チョロ王子といえど、人前で抱き合う非常識さは理解しているらしい。ライナルトはやんわりと愛菜を引き離したが、彼女はイヤイヤをするように頭を振っている。そして今度は隣にいたルドルフにしなだれかかった。

「お酒を口にしてしまったのではないか？　別室で休ませよう」

「そうだな。すまない、騒がせた。皆はこのまま楽しんでくれ」

王太子一行は、酩酊《めいてい》状態の愛菜を連れて会場をあとにした。

愛菜が浴びたのは、媚薬入りのシャンパン。

あの場でシャンパンを持ってきたメイドは変装したバニーだ。ケルステン子爵大人の手の者から預かったそれを、私たちへ給仕すると見せかけてわざと愛菜に浴びせたのだ。

ちなみにシャンパンの中身はすり替えてあるわ。さらに強い催淫《さいいん》効果の薬を入れたものにね。

元々は口から摂取《せっしゅ》するものだったから、被ったくらいではあまり効果はない。そのため、もっと強い匂《にお》いを放つ媚薬を用意した。おかげであの通り。

愛菜の痴態《ちたい》はすぐに社交界中へ広まるでしょうね。

ライナルトがどれだけ彼女を擁護しようと、広まった悪評はなかなか消せないわよ。

「私にどのようなご用件でしょうか、ヴェンデル侯爵令嬢」

王宮の一室。私の前にいるのは、ゲアリンデ・ケルステン子爵夫人である。

騒ぎの隙をついて夜会から抜け出そうとしていた彼女を、バニーが捕らえてこの場へ連れてきたのだ。

一度挨拶をしたくらいはあるが、こんなに近くでケルステン夫人を見るのは初めてだ。アーベライン伯爵夫人と同年代のはずだから年齢は40歳近くだろうが、きめ細やかな肌や艶々とした髪は20代後半と言っても通じそう。豊満な胸を強調するかのように肩の開いたドレスは下品一歩手前だが、そう見えないのは立ち居振る舞いの上品さゆえか。

こんなところへ連れてこられるのは心外だと言わんばかりに不遜《ふそん》な態度を見せているが、彼女の瞳には不安の色が浮かんでいる。

「この瓶に見覚えがあるわよね？」

私は手にした瓶を彼女へ見せた。ケルステン夫人は一瞬動揺を見せたが、すぐに「なんのことか分かりませんわ」と取り繕った。

貴族のくせに感情を消すのが下手《へた》ね。そんなことだからアーベライン夫人に勝てないのよ。

「あら、おかしいわね。貴方がギレッセン商会から購入した薬と同じものなのだけれど」

ケルステン夫人は何も答えない。だがその額にはじっとりと汗が滲んでいる。もはや答えているも同然だ。尤も、どれだけ取り繕ったところで逃がしはしないけれど。

「貴方、この媚薬を入れたシャンパンをアーベライン伯爵夫人へ飲ませて、彼女を貶めようとしたのでしょう？」

「それを突き止めてどうなさるのです？　事が公になれば、アーベライン伯爵家だって醜聞に巻き込まれますわよ」

「この媚薬を被ったのは愛菜様だもの。アーベライン家になんの関係があるのかしら」

「……っ」

逆ギレ気味になった彼女を、私は追いつめていく。こういうのも楽しいわね。犯人を追いつめる探偵《たんてい》みたいで。

「媚薬を聖女様に飲ませたと知られたら、陛下も王太子殿下もお怒りになるでしょうね。貴方の処刑くらいで免《まぬが》れられたらいいのだけれど。下手したら子爵家と貴方のご実家も取り潰しかしらねえ？」

「わ、私は聖女様を害するつもりはなかったのです！」

「そうは言ってもね。結果としてそうなってしまったわ」

ケルステン夫人はぶるぶると震えながら泣き出した。

「夫は何も知らないのです……。なんでも仰ることに従いますから、どうかこのことは……」

「あらそう。それなら話が早いわね。貴方、私の部下になりなさい。そうすれば私はこの件についても黙っておくわ」

「は、はい！　なります！」

「それならば、これにサインして頂戴」

間髪《かんぱつ》入れず、バニーがケルステン夫人へ書類を手渡した。

「これは……？」

「魔法契約書よ」

魔法による従属契約である。

本来は敵対者や奴隷《どれい》に対して結ぶものだ。もしこちらに逆らう気を起こせば、魔法によりその心臓が潰される。

それだけ力の強い契約ならば、当然結ぶ側にも制約が課せられる。この場合は、私が今回の件について黙秘するという条件付きだ。

「こんなものがなくても仰ることには従いますわ」

「必ず従うのならば、契約をしても問題ないのではなくて？　契約違反なんて決して起こらないということですもの」

「それは、そうですが……」

「この契約があれば、私は今夜の件を他言《たごん》できないわ。貴方も安心でしょう？」

あくまでにこやかに、しかし有無《うむ》を言わさぬ圧をかけながら微笑みかける。ケルステン夫人は渋々と契約書にサインした。

これで彼女は私に逆らえない。

おかげで良い手駒をゲットできたわ。裏仕事をする手下がもっと欲しかったのよね。彼女は年増《としま》とはいえこの通り艶があるから、色仕掛けに使えるでしょう。役に立たないようなら、子爵家ごと潰すだけよ。


「ああら、聖女様じゃございませんの。お久しぶりですこと」

「最近学院へ顔を出されなかったから、お辞めになったのかと思っておりましたわ」

「あ、いえ……。しばらくバタバタしていたのだけれど、落ち着いたから」

「そうですわよね。愛菜様は王太子殿下の御用でお忙しいのですものねぇ～」

令嬢たちが愛菜を取り囲み、キャハハハハと少々はしたない笑い声を上げていた。その顔は愉悦《ゆえつ》に満ちみちている。

通常ならば彼女たちはあんな風に下品な声を張り上げたりしないだろう。愛菜の凋落《ちょうらく》を知って、ここぞとばかりに鬱憤を晴らそうとしているのだ。以前愛菜を庇った令息たちは、我関せずとばかりにそそくさとその場を立ち去った。以前はあれだけちやほやしていたのに、現金なものだ。

聖女が王太子やその側近、高位貴族の令息を次々と籠絡しているという噂は、貴族のみならず、市中へも知れ渡っている。彼らと淫らな関係にまで及んでいるとか、高価な装飾品やドレスをねだって贅沢三昧をしているという尾ひれまでついているらしい。実際のところ愛菜は特定の男性と親しい関係になってはいないし、ライナルトたちに何かを買わせた事実もない。

元々は例の小説をタネとした風評だ。

あの小説には認識誤認の魔法をかけてある。読んだ者はまるで現実に起こったことのように感じ、本へ夢中になるのだ。

といっても探知に引っかからないような、ごくごく弱いものよ。あくまで読んだ人間が感じたこと、思ったことが増幅されるだけ。だから聖女に不満を持つ者ほど、影響は大きいのだ。

それでも慎重な者は「そういう風に見えなくもないけれど……」と考え、安易にはその噂を信じなかった。しかし、そこに加えてあの夜会での醜態《しゅうたい》。男たちへしなだれかかる愛菜の姿を見れば、噂が事実だと思われるのは仕方ないだろう。

高位貴族を中心に、聖女への不信の声はますます大きくなっていった。

苦し紛れに、ライナルトたちは愛菜から聞き出した便利用品の実用化を提案したらしい。電話や車、家電製品など。

だけどそんなもの、現代の技術がなければ実現できない。絵に描いた餅とはこのことだ。まあ、中には魔法技術で代用できるものもあったらしいけれど……開発にかける時間に費用。それを超える有用性を彼らが提示できたとは思えない。結局、提案は重臣たちに失笑されて終わったそうだ。

令嬢たちからの嫌がらせはどんどんエスカレートしていった。私は表向き、彼女たちを諫めたこともある。でも収まるどころか、私のいない場でもっと陰湿な行為が繰り広げられる始末。とうとう愛菜は学院へ来なくなってしまった。チョロ王子やアホ側近たちが何度もグラウン子爵家へ足を運び彼女を励ましているが、首を振るばかりらしい。

召喚直後にも思ったけれど、彼女は主人公のくせにメンタルが弱すぎるんじゃない？

以前愛菜は現代ならアイドルになれたかもと言ったけど、撤回するわ。あんなに弱い精神では、魑魅魍魎《ちみもうりょう》の跋扈《ばっこ》する芸能界であっという間に悪意へ飲み込まれてしまうでしょう。まして国を救う聖女なんて、彼女には荷が重かったのよ。

少し可哀想《かわいそう》かしらね？　だけどまだまだ手を緩めるつもりはないわ。

愛菜にはおそらく、王太子の指示で影がついていることだろう。だが愛菜の後見であるグラウン子爵やその家人はノーマークのはずだ。国王陛下ならともかく、王子でしかないライナルトに多人数の影を動かす権限はないのだから。

グラウン子爵家へと狙いを定めた私は、既に追い落としを開始している。ギレッセン商会に命じた件がそれだ。

グラウン子爵は領地で布製品の生産を行っており、それが主収入となっている。そこで私はわざと質の悪い布をグラウン領産と偽《いつわ》って大量に流通させた。勿論、出所は分からないように。

生産品の信用が落ち、グラウン子爵はその対応で大わらわ。

さらに、子爵令息が婚約者以外の女性と密かに逢い引きをしているという噂を流してやった。ちなみにこれは本当よ。私の指示でケルステン夫人を彼へ近寄らせたの。前々からお堅い婚約者に不満を持っていた令息は、彼女の色香《いろか》にホイホイと引っかかったらしい。

あの年頃の男なんて、助平《すけべ》なことで頭が一杯だものね。

貴族令嬢ならば、婚約者といえど身体に触れさせないのが当然なんだけれど。令息が下半身に逆らえない単細胞でよかったわ。

結局、グラウン子爵令息は婚約を解消された。ケルステン夫人には念のためしばらく病気と偽り、社交界へ顔を出さないように命じたわ。名前も住んでいるところも嘘を告げさせていたから見つけるのは難しいでしょう。婚約者は浮気相手にも賠償金《ばいしょうきん》を請求するつもりだったらしいけど、相手がいなければどうしようもないわね。

そのせいで今、グラウン家はギスギスとした空気になっているらしい。居候《いそうろう》の愛菜にまで気を遣う余裕はなくなり、雑な扱いをされているそうだ。

鳴りもの入りで迎えた聖女が役に立たないどころかお荷物だと、子爵もようやく理解しただろう。とはいえ陛下に願い出て後見を引き受けた手前、追い出すこともできない。さぞ扱いに困っているでしょうね。

◆◇◆◇◆

「愛菜の様子は？」

「変わりありませんでした。ですが学院には行かないと」

「そうか……」

生徒会室には暗い雰囲気が漂っている。ライナルト殿下や俺たちの焦燥《しょうそう》が伝わるのか、他の生徒会メンバーも口数が少ない。

聖女愛菜がグラウン子爵家の館に引きこもってから、かれこれ1カ月近く経つ。

俺はライナルト殿下や他の側近と共に、何度も彼女の元を訪れた。彼女の好みそうなお菓子や花を持参したこともある。

だけど愛菜は悲しそうに首を振るだけ。その顔を見るたびに胸をかきむしりたくなった。自分の不甲斐なさと、彼女を貶めた奴らへの怒りで。

愛菜に対する平民たちの暴言と同級生の令嬢からの嫌がらせ。それが彼女の心を蝕《むしば》んだのだ。愛菜はただ、皆のために立ち上がっただけなのに。病で苦しむ民を救いたいという優しい心を踏みにじられた苦しみは如何《いか》ばかりか……。

聖女でさえなければ、愛菜はごく普通の少女だ。そもそも彼女を元の世界から強引にこちらへ喚び、聖女に担ぎ上げたのは他ならぬ王家だ。だから彼女を護ろうと誓《ちか》った。ライナルト殿下も、俺を含む側近たちも。

殿下は暴動を起こした者や愛菜を虐めた令嬢を厳しく処罰しようとしたが、陛下や宰相に止められた。

「そなたが聖女を寵愛しているという評判が、貴族どころか市井《しせい》まで広がっているのを知らぬのか？　そのような対応を行えば、噂を肯定したようなものだ」

「父上まであのような出鱈目《でたらめ》を信じておられるのですか！　俺と彼女の間には、なんらやましいことはありません。信じて下さい」

「真実がどうあろうが、周囲はそう見るのだ。お前の軽はずみな行動のせいでな」

「そんな……。俺も愛菜も、病に苦しむ民を救うために」

「殿下のお気持ちは分かりますが、どうかしばらく軽はずみな行動はお控え下さい。ただいま影が噂を消すよう動いておりますので」

ライナルト殿下と共に、俺たちも動きを制限された。他国の賓客《ひんきゃく》への接待や、重要な案件には関わらせてもらえない。執務室にいてもあまり仕事がないため、自然と生徒会室にいることが多くなった。

代わりに殿下の婚約者である姉さんが執務に携わっている。学生でありながら、なかなかの手腕と評価されているらしい。以前は「殿下を慕うのはいいが感情的すぎる」「あんな我が儘で王妃が務まるのか」などという声もあったのに。

何が彼女を変えたのだろう。愛菜の存在に危機感を抱き、自分のできることで婚約者としての立ち位置を守ろうとしているのだろうか？

しかしどうにも違和感がある。姉がまるで別人になったかのようで気味が悪い。

「ローラント。これを見てくれ。ルドルフが持ってきたものだ」

ハインツが渡してきた本に、俺は目を通した。

どうやらヒーローものの小説らしい。聖騎士や悪魔が出てくる、荒唐無稽《こうとうむけい》な娯楽小説だ。ハインツの意図が分からないまま小説を読み進めた俺は、驚愕《きょうがく》した。

「なんだ、これは……！」

小説に登場する、異世界から召喚された聖女。王太子や側近たちに寵愛されるその姿は愛菜と重なる。

それだけならいい。しかしその聖女は魔王の手先で、国を滅ぼすために王子たちを手玉に取っていたというオチだったのだ。本の冒頭に「この話は創作です」と書いてはあるが、知っている者が見れば愛菜がモデルだと思うに違いない。

「市井でこの小説が流行しているということは耳にしていた。三文《さんもん》小説だろうと考え、重要視はしていなかったが……貴族令嬢の間にも出回っているらしい」

「これを読んだ者たちは、愛菜や俺たちを元にしたストーリーだと考えるだろう。これが彼女を貶めようという何者かの策だと？」

「おそらくはな。執筆者は隣国の作家ということまでは掴めたため、密かに追っ手を差し向けている。しかし何分《なにぶん》にも動くのが遅すぎた」

意図的に広めたのであれば、作者はとっくに行方をくらましているだろう。

ハインツはひどく悔しそうな顔だ。こんな失態は珍しい。いや、失態は俺もだ。愛菜のケアに注力するあまり、他に目を向けていなかった。こんなことでは王太子殿下の側近として失格だ。

しかし、なんだろう。何かが引っかかる。

「ハインツ、この本をしばらく借りてもいいか？」

「ああ、勿論だ。何か分かりそうか？」

「勘《かん》に過ぎないのだが、気になることがある」

初めて読んだ本なのに、この文章をどこかで知っているような気がするのだ。俺はもう一度、小説本をじっくりと読み返した。

どれだけ文章の雰囲気を変えようとも、文体にはその筆者特有の癖が出るものだ。読みやすい娯楽小説の体にはなっているが、俺はこの筆致《ひっち》に覚えがある。

ヴェンデル侯爵家お抱えの物書きだ。

主に世論操作を目的として雇っているその用途は、小説や暴露本《ばくろ》、新聞社へのタレコミなど多岐《たき》にわたる。確か、以前侯爵家に楯突《たてつ》いた商会を追い落とすために父上が使っていた。

では、父上が……？

父のことだ、愛菜に監視くらいはつけているだろう。だがそこまでの手間をかけて彼女を追い落とそうとするとは思えない。残念ながら今の愛菜は、父にとって利用どころか排除する価値すらない存在のはずだ。

ならば誰か。

……答えは分かりきっている。姉さんだ。

姉さんが表立って愛菜へ敵意を示さないことを、不審《ふしん》に思っていた。裏で動いていたのなら納得だ。

こんな狡猾《こうかつ》な手を使うとは意外だった。姉さんならば直接愛菜を攻撃すると思っていた。

グラウン子爵家で相次ぐ不祥事《ふしょうじ》も、姉さんの仕業かもしれない。

◆◇◆◇◆

その日も私は窓辺に座ってぼんやりと外を眺めていた。目の前には子爵邸の庭園が広がっており、色とりどりの花が目を楽しませてくれる。

「お嬢様。お食事をお持ちしました」

「食欲がないの」

「しかし、何か口にされませんとお身体に障ります」

「……分かったわ。そこに置いといてくれる？　あとで食べるから」

メイドさんがお盆《ぼん》に載った食事を置いて、去っていった。

パンと野菜の入ったスープだ。あまり食べる気にならない。パンは固くってなかなか噛みきれないし、スープは味が薄いんだもの。これでもこの世界では十分に良い食事らしいけど。

カレーが食べたい。それかグラタン。チーズのたっぷり載ったやつ。

もう食べられないと分かってはいるけれど。

「帰りたいなあ……」

元の世界での私は、本当に普通の女子高生だった。

ちょっと怒りっぽいけど優しいお母さんと、頼りになるお父さんとお兄ちゃん。

幼馴染の綾《あや》ちゃんや親友の遥《はるか》に舞花《まいか》。密かに憧れていた西山先輩。

皆私に優しくて、私も皆が大好きだった。そんな平穏な日々がずっと続くと信じていた。あの日までは。

下校途中で急に足下が光ったと思ったら、この世界に来ていた。

アニメに出てきそうな魔法陣の真ん中に放り出され、ローブを被った男の人に囲まれて。わけも分からず震える私に手を差し伸べてくれたのが、ライナルト君だった。

キラキラと光り輝く金髪に白い肌、碧い瞳。あんなにカッコいい男の子を見たのは初めてで、胸がときめいた。

「君に危害を加えたりはしない。そんなに怯えないでくれ」

「貴方は……？」

「俺はこの国の王太子、ライナルトだ。異世界より来る聖女よ。貴方のことは俺が守るから、安心して欲しい」

この世界は私のいた日本とは全然違う。中世ヨーロッパっぽいけれど、魔法とか聖女とか魔物とか、そういうものが当たり前のようにあるらしい。ＲＰＧゲームみたいだ。

そして、私はこの国に蔓延《はびこ》る病を鎮《しず》める聖女なんだって。

そんなこといきなり言われても、戸惑うだけだった。私は普通の女子高生だ。魔法なんて使ったことも見たこともない。国を救うなんて無理無理無理！

きっと人違いよ。どうか元の世界に帰して欲しい。

そう頼んだらライナルト君が言いにくそうに、「召喚した聖女を元の世界に戻す術は伝わっていない。申し訳ないが、貴方にはここへ留まってもらうしかない」と答えた。

その後のことはよく覚えていない。私はショックのあまり、泣き叫んで暴れたみたい。

落ち着いたあとも、私はベッドから出られなかった。こんなの夢よ。眠って目を覚ましたら、元の生活に戻っているはず。

そう願いながら眠り、目を覚まして落胆することの繰り返し。

寝ていてばっかりでもお腹《なか》は空く。だけど出された食事ははっきり言って美味しくなかった。お肉も野菜も焼いただけとか煮ただけ。とにかく味が薄い。果物だってあんまり甘くない。

痩《や》せていく私を心配してライナルト君が色々持ってきてくれた。カレーライスやラーメンの話をしたら料理長に作らせたと言って何やら持ってきてくれたけど、全然違う料理だったのは少し可笑しかった。

いい加減、寝てばっかりいても仕方ない。私がこの世界に喚ばれた意味が、きっとあるはず。そうして私は部屋から出る決意をした。

それからは勉強漬けの毎日。行儀作法の先生は厳しくて苦手。勉強もあまり好きじゃないけど、魔法の授業は楽しかった。私は人より魔力量が多いらしい。先生も「愛菜様は非常に覚えが早い。聖女様だけはある」と褒めてくれた。

王太子のライナルト君は忙しいので、側近の人たちが私の面倒を見てくれた。

アレクシス君はちょっと乱暴な物言いをするけれど口が軽くて面白いし、ハインツ君は物知りで色んなことを教えてくれる。ルドルフ君は魔法がすごく上手。ローラント君は真面目で取っつきにくいけど、本当はとても優しい。

何より、皆すごくカッコいいの！　別に恋してるってわけじゃないよ？　だけどイケメンと仲良くできるなんて、普通の女の子なら嬉しいに決まってるじゃない。

「私たちを両親と思ってくれていいからね。欲しいものがあればなんでも言いなさい」

私の引受人になってくれたグラウン子爵夫妻も優しそうな人たちだった。息子さんもいたけれど、私にとってはお兄ちゃんみたいな感じ。メイドさんも大事に扱ってくれる。

学院へ通うようになったら、男の子の友達もできた。皆いい人たちばかり。彼らのためにも私は聖女のお仕事を頑張ろうって、思えるようになった。

そうそう。ライナルト君には婚約者がいたの！

ローラント君のお姉さんでカサンドラ様って言うんだけど、すごく綺麗で上品な人だった。ちょっとだけがっかりしたのは内緒。彼は私が好きなのかな？　なんて思うこともあったから。でも彼女のことを聞いたら、ライナルト君は口が重くなっちゃった。アレクシス君がこっそりと、「あの2人、あまり仲が良くないんだ」と教えてくれたわ。

「どうして仲が悪いのに婚約してるの？」

「そりゃ、親がそう決めたからだろ。俺たち貴族は平民と違って、好きな相手と結婚することはできないんだ」

「そうなんだ……」

アレクシス君曰く、カサンドラ様はライナルト君のことが好きらしい。でもライナルト君の方はそうでもないんだって。

どうしてだろう。あんな綺麗な女性に好かれたら、普通の男の子なら喜んで付き合うと思う。


魔法がどんどん上達する一方で、私は行儀作法の修得に苦心していた。ライナルト君は「俺たちは幼い頃から躾を受けているからね。愛菜が覚えるのに時間がかかるのは仕方ないよ」と言ってくれたけど、毎回マナーの先生に怒られるから心が折れそう。

「令嬢の友人をお作りになっては如何でしょう？　彼女たちの立ち居振る舞いに学ぶことがあるのではないでしょうか」

ある日、先生にそんなことを言われた。

この世界で女の子の友達はいない。私は思い切って同級生の子に話しかけてみた。だけど「なんで貴方と仲良くしなければなりませんの？」と相手にされない。仲良しの男子生徒が庇ってくれたけど、逆に険悪な雰囲気になってしまった。

「全く……女というものは心が狭いな。異世界から来て心細い思いをしている愛菜を、爪弾きにするとは」

「カサンドラ様や俺たちの婚約者はどうだ？　彼女はいわば令嬢のトップだ。親しくなれば、他の令嬢も愛菜へ一目置くだろう」

ハインツ君の助言でカサンドラ様へ話しかけようとしたものの、なかなかその機会が見つからなかった。彼女は学生ながら王太子妃教育や城のお仕事までやっていて、忙しいみたい。

カサンドラ様がライナルト君のお母さんとお茶会をしていると聞いて、私も飛び入りで参加した。これくらいやらないと、彼女と話せないもの。

だけどここでも私は拒絶された。その上、側妃様にもひどく怒られちゃった。

どうして？　私はただ、皆と仲良くなりたかっただけなのに。

「カサンドラ様はライナルト殿下と仲の良い愛菜に嫉妬してるんだ！」と皆が怒ってくれた。

そうなのかなあ。確かに少しだけライナルト君と親しくしてみせたけど、本当にそんな関係じゃない。ちょっとしたいたずらだ。元の世界なら笑って済まされるレベルなのに。そんなに意地悪されるほどのことなのかしら。カサンドラ様は怒りっぽい性格なのかも？

「王都で治癒を？」

「うん！　だって、平民の人は全然治療を受けられてないんでしょう？」

「うーん。しかし警備の観点からすると勧められないな」

ようやく治癒魔法を覚え、私は疫病の対応へ乗り出した。病気になった貴族の人たちを治したら、「楽になりました。流石は聖女様だ」と感謝されたわ。

薬も出回っているんだけど、病を完全に治すことはできないみたい。神殿の神官様は治癒魔法を使えるけど、軽い怪我を治す程度。重傷者や、身体の中に原因がある場合は、聖女である私じゃなきゃ治せないんだそうだ。

貴族以外の人はどうしているのか、と聞いたら、もっと広まっているけど何もしていないと聞いてびっくりした。病気にかかった人を隔離してるだけなんだって。

隔離先になっているという施療院を見学させてもらったら、それはもうひどい有様《ありさま》だった。特にお年寄りや子供が苦しんでいるのを見るのは心苦しい。

「私がここへ喚ばれたのは、皆を救うためなんでしょう？　貴族だけ助けるなんておかしいわ。お年寄りや子供のように弱い人たちこそ、手を差し伸べるべきなのに」

「殿下。警護の計画を立てましょう。愛菜の優しい思いやりを無碍《むげ》にしたくない」

「そうだな。愛菜の言う通りだ。俺たちの仕事は苦しむ民全てを救うことなのだから」

渋っていたライナルト君たちも賛同してくれて、私は神殿で公開治療を行うことになった。

人がどんどん押し寄せて大変ではあったけど、こんなにたくさんの人から必要とされているというのは嬉しくもあった。やっとこの世界で私は役に立てる。これで側妃様やカサンドラ様も、私を見直してくれるわ。

それなのに……。

待っていた患者さんたちが喧嘩を始めて、騒ぎがどんどん大きくなって。興奮した彼らは私にまで罵詈雑言《ばりぞうごん》をぶつけ、石まで投げてきた。

結局、治療は中断。ライナルト君は国王陛下に叱られたらしい。

それからどんどん、私の周囲の雰囲気は悪くなっていった。

学院では虐めを受けるようになった。面と向かって悪口を言われるのはまだマシな方。水をかけられたり、転ばされたり。今まで仲良くしてくれてた男の子たちは、それを見てもそっぽを向くだけ。

ライナルト君がいれば庇ってくれるけど、彼がずっと私の傍にいられるわけじゃない。

子爵家の中も最近ギスギスしている。以前は優しかった子爵夫妻やメイドさんも素っ気ない態度だ。

まるで私の周りだけが悪意に囲まれているみたい。

もう、部屋から出たくない。誰にも会いたくない。

私は部屋へ引きこもるようになった。何度もライナルト君やアレクシス君たちがやってきたけど、少しだけ話をして帰ってもらった。

「お父さん、お母さん……」

涙がぽろぽろとこぼれる。私、なんでこんなところにいるんだろう。

この世界に必要ないのなら、私を喚んだりしなきゃよかったのに。

その時、トンッという音がした。涙の溜まった目をそちらへ向けると、小石が転がっている。

これが飛んできたみたい。

「セルマ！　お前、何してるんだっ」

「だって、兄ちゃんがお嬢様と話したいって言うからさあ」

言い争う声が庭の端の方から聞こえてくる。窓から身を乗り出してみると、若い男の人と小さい女の子の姿が目に入った。男の子っぽい服だけど、声からして女の子よね？

「貴方たちは？」

「あっ、すいません。俺、庭師のアレンっていいます。こいつは出入りのセルマっていう悪ガキです。すぐに追い出しますから」

アレンさんは以前ちらりと見かけたことがある。グラウン子爵家お抱えの庭師だ。きちんと顔を見たのは初めてだけど、結構カッコいいかも！

ライナルト君ほど整った顔立ちじゃないんだけど、逆にそこが親近感を感じる。それに日焼けしてて逞しい。

セルマちゃんは薪屋《たきぎや》さんだそうだ。お屋敷を回って剪定《せんてい》した枝なんかをもらって、燃料として売るのがお仕事らしい。そんな職業もあるなんて知らなかった。彼女のお家は貧乏なのかしら？　見たところまだ小さいのに働かされてるなんて、可哀想だわ。

「お邪魔してすいませんでした。失礼します！」

「いいの？　兄ちゃん、せっかくお嬢様と話せる機会なのに。いつもお花を持ってってるんだろ？」

「お前、余計なことを……！」

「待って！　いつもお花をくれてたの、アレンさんなの？」

セルマちゃんを引っ張って立ち去ろうとするアレンさんを、慌てて引き留める。最近窓の外に、時々可愛らしい花束が置いてあったのだ。捨てるのは勿体なくて、萎《しお》れるまで部屋に飾っている。

「えと、そうです。最近お元気がないって聞いて、花を見たら少しは慰めになるかと思って。俺にできることはそれくらいだから。あっ、でもご迷惑ならやめますから！　勝手なことをしてすいません」

「ううん、いいの。ありがとう。とっても嬉しい！」

私がお礼を言うと、アレンさんがほにゃっと笑った。笑うとちょっとだけ、西山先輩と似ているかも。

なんだか胸がドキドキする。彼ともっと話がしたい。

「ねえ、庭師って毎日どんなことをしているの？」

「えっと、普段は草むしりとか剪定とか。あと肥料を作ったりとか……」

セルマちゃんがいつの間にかいなくなっていたことにも気付かないくらい、私は彼とのお喋りに夢中になっていた。

◆◇◆◇◆

「カサンドラ、こちらのお菓子もどうぞ。王都の人気店から取り寄せたのよ」

「ありがとうございます、王妃様。いただきます」

私は王妃オティーリエ様に招かれ、お茶を共にしていた。

オティーリエ様は隣国の王家からこのカシハイム王国へ嫁がれた方だ。結婚後数年経っても子ができなかったため、陛下はクラインネルト公爵家からディートリンデ様を側妃として迎えた。そのディートリンデ様がお産みになったのが、ライナルトだ。

その後、オティーリエ様も男子をお産みになった。王太子を決める際、第一王子であるが側妃腹のライナルトか、正妃腹の第二王子アルフォンス様かで意見が割れたそうだ。

最終的にディートリンデ様の父親であるクラインネルト公爵と、筆頭侯爵である私の父が高位貴族の支持を取り付けたことで、ライナルトが王太子に決定した。

「ところで……カサンドラは聖女のことをどう思う？」

来た。

突然の呼び出しだったもの。ライナルトと愛菜のことを話したいのだと察しはついていたわ。

「可愛らしくて天真爛漫な方だと思いますわ」

「そう……」

言外《げんがい》に「アホだと思います」を匂わせた答えである。頷いている王妃様も、多分同じことを思っていたのだろう。

「あの娘に妃は務まらないわね」

「はい。現状、側妃すら厳しいと思います。それでもライナルト様が望まれるのであれば、愛《あい》妾《しょう》にされるしかないかと」

「ライナルトにも困ったものねえ。寵愛するにしても、もう少し利のある令嬢にすればいいものを」

ライナルトの立太子に際し、オティーリエ様は反対されなかったそうだ。

この方は、ご自分の役割をよく理解しておられるのだ。だから我が子と分け隔《へだ》てなくライナルトに接し、跡継ぎとして彼を尊重している。またライナルトの実母であるディートリンデ様も決して出しゃばることなく、側妃としてオティーリエ様をお支えしている。

感情を優先せずに義務を果たす。２人とも、尊敬に値する妃だと思う。

母２人がこれほど有能な方なのに……チョロ王子はどうしてああなった。

「申し訳ございません。私の力不足で」

「貴方のせいではないわ。あの子も、以前はもう少し賢かったと思うのだけれど」

上品に手を頬に当てながら、オティーリエ様は溜め息を吐いた。

オティーリエ様の言う通りだ。愛菜に出会う前のライナルトはまともだった。カサンドラに対する態度は置いておくにしても、勉学にしろ臣下との接し方にしろ、王太子らしくあろうと努力はしていた。だからこそ陛下も彼の立太子を認めたのだ。

オティーリエ様にだって、腹を痛めて産んだ子供を跡継ぎにしたい気持ちはあるだろう。それを秘してライナルトを立てたというのに、当人があれではねえ。そりゃ溜め息も吐きたくなるわよ。

「ところでカサンドラ。アルフォンスをどう思うかしら？」

「大変に優秀な方であるかと。長子であれば立派な王太子になられたことでしょう」

「長子であれば、ね……」

やはり。王妃様はライナルトを見限り、アルフォンス殿下を王太子にと考えておられるのだ。

そしておそらく、陛下も。

アルフォンス殿下は文武両道かつ穏やかな性格で、人望の篤い方だ。今、貴族たちの心はライナルトから離れつつある。アルフォンス殿下への支持を得ることは不可能ではないだろう。

だがそれは私にとって、非常に都合が悪い展開だ。廃太子になった男の婚約者であることに、何の益があろうか。

「カサンドラ。貴方さえよければ、アルフォンスへ引き合わせるわ」

私は密かに息を呑んだ。

そう来るとは思わなかった。

オティーリエ様は、私とアルフォンス殿下を婚約させてもいいと仰っているのだ。

ライナルトを廃するとなれば、彼にとって母方の祖父であるクラインネルト公爵が黙ってはいないだろう。アルフォンス殿下は既に伯爵家のご令嬢と婚約しているが、公爵家に対抗するには後ろ盾として弱い。だからオティーリエ様は、今結んでいる婚約を解消してでも、我がヴェンデル侯爵家をアルフォンス殿下の派閥へ抱き込みたいのだ。

気を抜くんじゃないわよ、カサンドラ。ここで上手く返答できなければ、私の野望が潰《つい》えてしまうわ。

「私は、この先もライナルト様をお支えしたいと思っております」

「それは貴方の感情から来る発言？　それとも将来を見据えた上での意見かしら。もう少し深慮した方が良いのではなくて？」

「確かに今のライナルト様のお振る舞いは、決して褒められたものではありません。ですがそれはご当人だけではなく、周囲の者たちにも責任があるかと」

「周囲？」

「良き君主とは、ご自身が優秀であるだけではなく、臣下や民の声に耳を傾けられる者だと私は考えております。ライナルト様は素直で、人の意見に左右されがちなところがおありです。幼き頃から傍にいる私はそれをよく知っています。今は、周囲がライナルト様を悪しき方向へと進ませている……それらを排除し、主君に対して恐れず諫言を申せる者を配置すれば、きっとライナルト様は自らの振る舞いを省みて正しい道へと歩まれるでしょう」

王妃様は黙ってお茶を口にされた。

少し苦しい言い訳だったかしら？

カサンドラがライナルトを慕っていたことは王家の皆様もよく知っているから、必死に彼を庇っていると思われたかもね。

私としてはライナルトを王にしたい。ついでに罪を擦《なす》りつけられた側近たちを一掃《いっそう》できればさらに好都合。

物語ならば王子様と結婚してめでたしめでたし、で終わりでしょう。だけど私の人生はこのあとも続いていくのだ。

私が目指すものは、前世も今世もただひとつ。自分の力で頂上《トップ》を取ることよ。

私自身が王になれたらいいのだけど、この国で王になれるのは男子だけ。ならば私は王妃になって国政を操るしかないわ。

だけど第二王子のような賢い男が王になってしまったら、王妃の私が好きに動けないもの。

御輿《みこし》は軽い方がいいに決まってるでしょう？

「カサンドラの意見全てに納得したわけではないけれど……言いたいことは分かったわ。貴方の気持ちは、陛下に伝えておきます」

4章　悪役令嬢、断罪を阻止する

「これらがカサンドラの仕業だったということか」

「はい、殿下。詳細はこの資料に」

「よく教えてくれたローラント。実の姉の不始末だ、心苦しかっただろうに。自ら告発した君の勇気に敬意を表する」

資料に目を通したライナルト殿下は、俺の肩を叩いて労をねぎらってくれた。

あれから俺は、暗部に命じて姉さんの動きを調べさせた。

父上は姉さんに2名、俺に3名の暗部を専属させている。最初は暗部同士で情報交換をしていないかと聞いたのだが、主以外にその活動内容を漏らすことはないとすげない答えが返ってきた。彼らの主は総じて父ではないのか？　と思ったものの、同じ家に勤める者でも容易に情報を漏らさないその意識の高さに感心した。それでこそ間者《かんじゃ》として信頼できるというものだ。

調査の結果、予想通りあの小説はうちのお抱えの物書きに書かせたものだった。市井に対しては、身寄りのない子供を使って悪評をばら撒《ま》いたらしい。さらに姉さんは闇商人を通じて、グラウン子爵家の販売ルートへ妨害をかけていた。

「ローラント、話があるのだけど」

「俺には姉さんと話すことなんかない。出ていってくれ」

ある日、前触れもなく姉さんが俺の部屋を訪れた。なんの用だか知らないが、今さら親しげに振る舞おうとしたって無駄だ。貴方はいずれ、殿下に断罪されるのだから。

「姉に向かって随分な態度ね？」

俺は憎しみを込めた目で彼女を見据えた。

『姉』だって？

あの悲しそうな愛菜の表情を思い出すたびに、腸《はらわた》が煮えくり返るような怒りに支配される。

たとえ愛菜が目障りだとしても、姉さんがあそこまであくどいことをしているとは思わなかった。こんな悪女が自分の姉とは思いたくない。

「ま、理由は分かっているけれどね。貴方たち、ライナルト様と共謀して私を陥れるつもりなんでしょう？」

「陥れる？　違うね、これは正義の鉄槌《てっつい》だ。姉さんの方こそ、あの手この手で愛菜を陥れただろう。証拠は揃えてある。今のうちに懺悔《ざんげ》の言葉でも考えておいた方がいい」

俺としたことが、つい感情的になって口を滑《すべ》らせてしまった。断罪しようとしていることを聞いたら、姉さんは逃亡するのではないか？

いや、この口ぶりでは既に知っている様子だ。ならばなぜ、こうも平然としているのだろう。目の前に立つ女が俺のよく知っている姉さんではなく、別人のような気がして……ひどく不気味に感じる。

「ローラントこそ、そろそろ自らの行く末を考えた方がいいわよ」

「……どういうことだ」

「私とライナルト様の婚約がなくなれば、彼は王太子ではいられなくなるわ。側近の貴方にも当然影響があるのではなくて？　そんなことくらい、理解できない貴方ではないと思うのだけれど。私の見込み違いだったかしらね？」

なるほど、そういうことか。確かにライナルト殿下の立太子はヴェンデル侯爵家の力があってこそだ。だから自分は婚約を破棄されないと、彼女は高をくくっているのだろう。

「姉さんこそ考えが浅いな。ヴェンデル侯爵家の次期当主が俺であることを忘れたのか？　姉さんとの婚約がなくなったとしても、俺がいる限り我が家はライナルト殿下の後見を続ける」

愛菜がライナルト殿下と婚姻を結んだとしても、俺は終生殿下に忠誠を誓うつもりだ。当主となった暁には、全面的に2人を支援する。だから殿下が王太子の座から降りることはない。

愛菜が他の男性のものになることに、抵抗がないわけじゃない。だけど殿下なら……きっと彼女を幸せにしてくれる。男なら、愛する人の幸福を何より願うべきだ。

だから、彼女を苦しめた姉さんを許すことはできない。姉さんと殿下の婚約が破棄されたら修道院に押し込めるつもりだ。一生神に仕えて、せいぜいやってきた悪行を悔いるといい。

「お父様は全て知ってらっしゃるわよ。このままでは、貴方は跡継ぎから外されるでしょうね」

「馬鹿なことを。この家には俺以外に男子はいないじゃないか」

幼い頃から次期当主として相応しくあるよう育てられた。そのために必死で勉学に励み、侯爵令息として優秀であると周囲に知らしめてきた。ライナルト殿下の側近に選ばれたのは自分の力によるものではないかもしれないけれど、そこに甘んじず努力してきたと思っている。

父は家族に愛情を示さない人だが、俺のことは認めてくれているはずだ。

姉さんは脅しをかけているだけだろう。そんなものに俺が屈服するとでも？

「ここのところ、ヨハネスが何度か我が家を訪れているわ」

「知っている。それがどうかしたのか」

「あら。その意味も分からないの？　我が弟がここまで鈍いとは思わなかったわ」

カチンと来て言い返そうとする俺に、姉さんが言葉を被せた。

「彼はとっても優秀だそうよ？　お父様も彼なら侯爵家の跡取りが務まると仰っていたわ」

「なっ……！」

ヨハネスは叔父の次男、つまり俺たちの従兄弟《いとこ》だ。叔父は我が家の従属爵位である伯爵位を持つが、それを継ぐのはヨハネスの兄。そのため彼は王宮文官を目指していると聞いていた。

まさか、そんなはずはない。

父上が実子の俺を見限って甥《おい》を養子に迎えるなんて。

「そうやって動揺を誘おうというのだろう。その手には乗らない」

落ち着こうとしたけれど、声が上ずってしまう。信じたくないという気持ちと、父上ならやりかねないという考えが交差する。

父は俺の動向も見張らせているだろう。侯爵家当主ならばそのくらいは当然のこと。しかし俺の今までの行動が父の意に添うものかどうかと問われれば……答えは否《いな》だ。どうして俺はそのことを見過ごしていたんだ？

「ライナルト様が勝手に婚約を破棄したとして。自分を裏切った王子の後見を、あのお父様が続けると思う？　そして貴方がその企みに関与していたとあれば、お父様は貴方を見捨てるでしょうね。つまり貴方はヴェンデル家の嫡子《ちゃくし》でもなければ、王太子の側近でもなくなるわ。ようく考えることね」

「っ、愛菜を陥れようとした姉さんに屈しろというのか……！」

脳裏《のうり》に愛菜の笑顔が浮かぶ。

ここで姉さんに屈服すれば、彼女と、そして主であるライナルト殿下を裏切ることになる。

だけどこのまま進んでも身の破滅だ。二つの思いに引き裂かれそうになっている俺の耳元へ、姉さんがそっと囁いた。

それは。まるで俺を地の底へ蹴落《けお》とすような。そんな事実。

「そんなの、嘘に決まっている！　俺は信じない。これ以上愛菜を貶めるな！」

「私の言葉が信じられないのなら、貴方の暗部に調べさせればいいわ。グラウン子爵家へ潜り込めばすぐに分かることよ」

◆◇◆◇◆

卒業パーティを翌日に控えた私は、ローラントを伴って王宮へと足を運んだ。

王太子一派は明日の卒業パーティで私へ婚約破棄を突きつけ、断罪しようとしているらしい。

ちなみに愛菜は出席日数が足りず卒業できないため、パーティには参加しない。

肝心《かんじん》の愛菜がいないのに断罪劇を敢行《かんこう》しようなんて、滑稽《こっけい》でしかないわね。それとも、この世界の強制力とやらに踊《おど》らされているのかしら？

「遅いぞ、ローラント。何を……っ、カサンドラ!?」

ノックもそこそこに王太子の執務室へ踏み込んだ私たちを見て、驚くライナルト。その傍にはローラントを除く側近たち――アレクシスやハインツ、ルドルフがいる。

「何をしに来た、カサンドラ。お前を呼んだ覚えはない」

「私、忠告に参りましたの」

「忠告だと？」

「貴方がたが明日、何やら騒ぎを起こそうとしていると伺いました。その先は破滅の道。おやめになった方がよろしいかと」

「ローラント！　貴様、裏切ったな！」

ハインツは私を無視し、ローラントを怒鳴りつけた。彼らは私の断罪劇に弟も賛同していると思い込んでいたのだ。実際、途中までは協力していたしね。

ローラントは冷静に「裏切ってなどいませんよ」と答える。

「あれから熟考《じゅっこう》致しましてね。側近として、王太子殿下の愚行をお諫めするのが俺の役目だと思い直しました」

「そこの悪女が愛菜を陥れようとしていると言ったのは、お前じゃないか」

「あら。私にはなんのことかトンと分かりませんわ」

「しらばっくれるな！　お前が手下を使って愛菜の悪評を流したことは分かっている」

「証拠がございますの？」

そこでハインツが言葉に詰まる。確たる証拠は何もないのだ。

小説の通りに進めば、明日の卒業式で断罪が行われるはずだった。婚約破棄を突きつけられて暴れるカサンドラをアレクシスが地面へ押さえつけ、過去の映像をルドルフが魔法で映す。それはルドルフやローラントが集めた、カサンドラの悪行の証拠。それを卒業生や親の目前に晒《さら》され、カサンドラは破滅するのだ。

勿論、そんなことはさせない。できないというべきか。

私は極力愛菜に接触しないようにしていた。小説に描かれていた虐め行為などやっていないのだから、当然証拠となる映像もない。

またローラントが提示したものは状況証拠に過ぎず、断罪の材料には弱い。実行犯は暗部だもの。諜報のプロである彼らが、痕跡を残すようなミスをするわけがないでしょ。

ローラントによれば「証拠がある」ということにして私を尋問《じんもん》し、自白させるつもりだったらしい。

お粗末《そまつ》な作戦ね。ハインツは自らを王太子の懐刀《ふところがたな》と自負しているらしいけど、その低能っぷりで腹心《ふくしん》を名乗るなんてちゃんちゃらおかしいわ。

そもそも私が悪人であろうがなかろうが、王子の婚約について決定権を持つ者は陛下のみ。それを勝手に破棄しようなど、愚行以外の何物でもないのよ。

「カサンドラ。証拠がなくとも、お前のように悪辣な女を俺は妻にしたくない。俺は婚約の破棄を父上へ進言する」

「陛下が同意なさるとは思えませんわね」

「お前の悪事を知れば、陛下や正妃様はさぞ嘆《なげ》かれるだろう。婚約破棄どころか、罪人として扱われるかもしれんな。俺へ付きまとう暇があるのなら、身辺整理でもしておいたらどうだ」

「……はぁ。ここまで短慮な方とは思いませんでしたわ」

「言うに事欠いて、俺を愚弄《ぐろう》するのか」

「お忘れになりましたの？　殿下と婚約した時点から、私には王家の影がつけられています。つまり私の行動は、陛下も王妃様もご存じということですわ」

ライナルトは口をつぐんだ。ようやくそこに思い至ったようね。

王太子と婚約した時点で私は準王族となった。10歳の頃から私の行動は監視されているのだ。

陛下は執政者として公平な裁きをなさる方。何をやっても空回りして悪評を振り撒くライナルトと、多少あくどい手を使っても自らと王家の体面を守った私。まともなトップなら、どちらを選ぶかなんて分かりきったことでしょう。

「ローラントから聞きましたわ。私との婚約を破棄して、新たに聖女様と婚約なさるおつもりとか。ならばライナルト様は、王太子の座を退《ひ》かれる覚悟がおありになるということですわね」

「なぜそうなる!?」

「だってそうでしょう？　我がヴェンデル侯爵家がライナルト様の後ろ盾となったのは、私との婚約があったからですわ。聖女様と婚約なさったら、誰がライナルト様の後ろ盾になるというのですか」

「ふん、忘れたのか。王太子殿下には俺たちがいるということを」

「そうだ。ロイスナー騎士団長にオスヴァルト宰相、クルツ魔法局局長。王国の中枢《ちゅうすう》たる彼らの支えがあれば、ヴェンデル侯爵家の支援などなくとも、俺は国王になれるはずだ」

「殿下と愛菜様は真実の愛で結ばれているのだ。俺たちが全力でお二人をお支えする。貴様のような悪女の入る隙などない。残念だったな！」

「『お支え』ねえ……」

全員、あまりにも自分が見えていなくて笑ってしまう。

国王夫妻は、既にライナルトのことも側近たちのことも見限ろうとしている。今の彼らは、首の皮一枚で繋がっているだけ。

私はローラントに持たせていた書類を受け取って彼らに見せた。

「貴方がたは本日付けで、ライナルト様の側近を解任されましたわ。これは陛下の裁可を受けております」

ライナルトが私から紙をひったくる。そこに国王陛下のサインが入っていることを確認し、彼は呆然《ぼうぜん》となった。

「そんなバカな……」

「偽物に決まっている！　すぐに陛下へ奏上するべきです、殿下」

「こんなもの、納得できるか！　俺たちは幼い頃から殿下へ忠誠を尽くしてきた。それなのに、どうして解任されなければならないんだ？　おかしいだろうっ！」

「これは王命よ。それに背くのがどういうことか、分かってらっしゃるわよね？」

「ぐっ……」

分からないとでも思っていたのかしら。

ライナルトを焚きつけることで、いずれは愛菜を自分の手に入れるつもりだったのでしょう？　忠臣が聞いて呆れるわ。

脳が筋肉でできているアレクシスや甘ちゃんのルドルフは、そこまで考えていなかったかもしれないけどね。ハインツは明らかに意図的だったでしょう。

お前たちが側近として本当にやるべきだったのは、身を挺《てい》してライナルトを諫めることだったのよ。それも理解できないお前たちに、どのみち先はないわ。

「それにアレクシス様。貴方は既に廃嫡されておりますわ。ご父君のロイスナー騎士団長から

『卒業後は辺境騎士団へ入れる。性根を叩き直されてこい』との伝言を預かっております。

次にハインツ様。オスヴァルト宰相は『馬鹿息子にはほとほと愛想が尽きた。お前は廃嫡の上、勘当《かんどう》だ。あとは好きなように生きろ』とのことです。

最後にルドルフ様。クルツ局長からは卒業次第、ミオカール国の魔法技術支援の任に就くようにとのことですわ」

3人はそれぞれ父親からの書簡《しょかん》を見て「嘘だ……」と呟き、膝から崩れ落ちた。


それぞれ、その顔!!

その絶望に打ちのめされた顔が見たかったのよ。はぁ～、ゾクゾクしちゃうわ。

◆◇◆◇◆

話は1カ月ほど前に遡《さかのぼ》る。

その日、私と父は王宮に呼び出され、国王陛下と昼食を共にしていた。正式な昼食会ではない。同席しているのは陛下と正妃様、そして私と父だけだ。

国王夫妻は多忙のため15分単位でスケジュールが組まれている。面会を申し込んだところで

３カ月以上先まで待たされることもザラだ。

だから急いで面会する必要がある場合、こうやって食事と共に話し合うこともある。王族にとっては食事すら政治の場なのだ。

尤も、並の貴族ならば、同席せず立って陛下の話を聞くだけになるだろう。私が王太子の婚約者、つまり王族に準ずる扱いのため、テーブルに着くことを許されているのである。

目の前には美味しそうな皿が並んでいるけれど、味を楽しむ余裕などない。正妃様お一人ですら手強《てごわ》いのに陛下もいらっしゃるのだから……。一挙手一投足《いっきょしゅいっとうそく》に気が抜けない。

「妃からカサンドラの希望については聞いているが、今日はいま一度そなたたちの意思を確認したくて呼んだ」

陛下のお言葉を、私と父は手を止めて拝聴《はいちょう》する。

「最近のライナルトの素行については侯爵も知っているだろう。重臣からはライナルトを廃太子とし、アルフォンスを立太子させるべきという声も上がっている。その場合、カサンドラとライナルトの婚約は解消し、アルフォンスと婚約させることになるだろう」

「私としてはどちらを選んでもいいと思っているのよ。忌憚《きたん》のない意見を聞かせて頂戴」

ライナルトとアルフォンス殿下、どちらを選ぶにせよ茨《いばら》の道だ。ライナルトを見限ったとしても、第二王子の立太子には反発する貴族もいるだろうから。

どちらでもいいとは仰っているが、正妃様の本音としては息子のアルフォンス殿下を推したいだろう。陛下とて、正しい血筋の次男を跡継ぎにしたいのかもしれない。

「ヴェンデル侯爵、そなたの意見を聞こう」

「私は陛下のご意思に従うまでです。陛下がお決めになった方へ娘を嫁がせます」

そう答えると思ったわよ、この狸《たぬき》親父。

ライナルトが求心力を失いつつあるのを知って、アルフォンス殿下の派閥へすり寄ろうとしているくせに。

今のところ大っぴらに動いていないのは、側妃様のご実家であるクラインネルト公爵家にバレたら協力関係を切られてしまうから。どっちの派閥にもいい顔をして、最後に勝った方へつく気でしょう。信州の某戦国武将みたいだわ。

生き残り作戦としては正しいのかもしれないけれど、私の存在が鍵《かぎ》になっているということを忘れないで欲しいわね。

国王夫妻がここまで私を重用するのは、ヴェンデル侯爵家の娘というだけではない。王太子妃教育で得た教養もあるが、私自身の能力に対する陛下や正妃様の信頼ゆえだと思っている。

転生者として自覚した日より、私は淑女として皆から敬《うやま》われるよう振る舞ってきた。それが元からの素質なのか、あるいは意図して演じているものなのか。そんなことはどうだっていいのよ。

私が王太子の婚約者としてやってきたこと。それらは全て、陛下に筒抜けのはずだ。妃として一分《いちぶ》の隙もなく立ち回れるかどうか。その点で私は未来の王妃にと望まれている。

これを利用しない手はないわ。

「カサンドラの意志は変わらぬか？」

「はい。ライナルト殿下は聡明で勤勉な方であり、幼い頃から正しく王太子であろうと努力なさっておられました。今は少々道を踏み外しておられますが、それは甘言を申して殿下を惑わす側近たちのせいでしょう。私は、殿下ならばきっと立ち直られると信じております」

「側近の中にはヴェンデル侯爵令息もいるが？」

「アレは自らの過《あやま》ちに気付き、心を入れ替えております。今は様子見というところですわ。役に立たぬようなら、弟といえど廃嫡する覚悟はできております。父も了承済みですわ」

陛下がじっと私を見つめる。こちらを食い尽くす獅子《しし》の如きその威圧感に身体が竦《すく》みそうになるが、丹田《たんでん》に力を入れて耐えた。

前世で気合いを入れる時によくやっていたのよね、これ。

「ならばカサンドラ。ライナルトに仕える奸臣《かんしん》を排除してみせよ。そうすればそなたの望み通り、ライナルトの廃太子は取りやめよう」

私はごくりと唾を飲み込んだ。

父ではなく、私をご指名とはね。

これはいわば試験なのだ。次期王妃として相応しい能力を見せろと、陛下は暗に仰っている。

やってやろうじゃない。

アホ王子を祭り上げるのならば、そのくらいできなければ役者不足ですもの。

「拝命致しました。このカサンドラ、必ずやライナルト殿下を惑わす者どもを一掃し、殿下を正しい道へ導いてご覧に入れます」

「うむ。期待している」


帰りの馬車の中で、私はゆっくりと息を吐いて気を緩める。

ああ、緊張した……。前世なら今ごろ缶チューハイでひと息吐いていたところよ。

それにしてもあの圧迫感、流石は一国の王というところね。チョロ王子にもいつかはあのくらい威厳がつくのかしら。想像できないわ～。

「……カサンドラ。この件、私は手伝うつもりはない」

「分かっておりましてよ、お父様」

ずっと無言だった父が話しかけてきたので、私は驚いてしまった。父が自分から話しかけてくるなんて、何年ぶりかしら？

「私の力でやり遂げて見せますわ。尤も、ヴェンデル侯爵家の財力と権力は使わせていただきますけれど」

「ライナルト殿下にそこまでする価値があると？」

「あら。アルフォンス殿下が国王になったら、お父様だってやりにくいでしょう？」

一瞬、父の瞳が見開かれた。

アルフォンス殿下のように有能で人望のある方が即位すれば、賢王になるかもしれない。しかし国王の外父として権力を握りたい父にとって、それはむしろ避けたいところだろう。

私に興味のない父は、前世を思い出したことによる性格の豹変《ひょうへん》にも全く気付いていなかった。

ライナルトへこだわっているのは、未だに彼を慕うゆえと思っているのでしょうね。チョロ王子を傀儡《かいらい》にしたいのは、私も同じなのよ。

「そこまで考えているのならいい。好きにしろ。必要なものがあれば言え」

「ありがとうございます」

父にしては珍しい気遣いだ。彼の中で、私の利用価値が少しだけ上がったのかもしれないわね。

「久しいな、ローラント君。君の噂は息子からよく聞いているよ」

にこやかに弟へ話しかけているのは、ロイスナー騎士団長。アレクシスの父親だ。
私が何度面会を求めても「忙しいので用件は側近を通してくれ」という回答しか来ないので
ローラントから頼ませたところ、すんなり会ってもらえた。今も私に対しては通り一辺の挨拶
をしたあとは、ほとんど無視状態である。
この男、平素から「女は着飾ってお喋りするしか能がない。政治の場になど出ず、大人しく
家に引っ込んでいればいい」とのたまっているらしい。
前世にもいたわねえ。こういう男尊女卑《だんそんじょひ》オヤジ。
私は侯爵令嬢かつ王太子の婚約者なのだから、貴方より上の立場なんですけどね。王妃様や
側妃様ならともかく、未成年の私など取るに足らない存在としか思っていないのだろう。ロー
ラントも未成年だが、ヴェンデル侯爵家の後継ぎかつ男子であるために尊重する姿勢を見せて
いるだけだ。
「今日はアレクシス様のことでお話に参りましたのよ」
「はて。息子に何かありましたか」
「単刀直入に言うわ。アレクシス様には、殿下の側近を辞めてもらいます」
ロイスナー団長は「意味が分かりませんな」と吐き捨て、ふんと鼻を鳴らした。私を見下げ
ていることを隠す気もないようだ。

……下らない。息子1人、コントロールできなかったくせに。そうやって自分が男であることを殊更に強調するのは、それ以外に矜持《プライド》を保てる基盤がないと喧伝しているようなものよ。私が王妃になった暁には、お前のような老害は一掃しなくてはね。

「最近のアレクシス様の態度は目に余ります。王太子殿下の側近として、不適格と言わざるを得ませんわ」

「息子は誠心誠意、ライナルト殿下へ仕えております。殿下ならともかく、カサンドラ様にそのような侮辱を受ける謂《い》われはございませんぞ。ヴェンデル侯爵に抗議を入れなければなりませんな」

「私は殿下の婚約者よ。それに、これは陛下のご意思でもあります」

「陛下の？」

まだ半信半疑のようで、団長は薄目でこちらを見ている。私はローラントへ目配せをした。バトンタッチだ。

「本当ですよ。アレクシスを含む側近の振る舞いを、陛下は嘆いておられます。更迭《こうてつ》は既に決定事項。このままではロイスナー伯爵家にも累《るい》が及ぶかと」

「馬鹿な！　息子になんの咎がある。アレクシスは殿下に忠誠を誓い、これまで勤勉に務めてきたはずだ。だいたい、君だって殿下の側近だろうが！」

「己《おのれ》の行動を省み、今は態度を改めております。尤も、今は執行猶予《しっこうゆうよ》というところですが」

ローラントがちらりと私を見た。閉じた扇を軽く振り、そのまま続けるよう指示を出す。

「私にどうしろと」

「まあ、廃摘は必須《ひっす》でしょう。その後どうするかは、ロイスナー伯爵の采配《さいはい》に任せます」

「後継を誰にするかは我が家の問題だ。そこまで口出しされる謂われはない！」

涼しい顔で答えるローラントに対し、団長の顔は怒りで真っ赤だ。対照的で面白いわね。

「オスヴァルト宰相やクルツ魔法局局長は既に嫡子を次男とすること、及び長男の放逐を決めたそうですよ」

「なんだと⁉」

ハインツとルドルフの父親の調略《ちょうりゃく》はとっくに済んでいる。

以前からハインツの迷走に頭を悩ませていた宰相は、私からの提言を受け入れ、すぐにハインツをオスヴァルト家から放り出すことを決めた。

ロイスナー団長と違って、オスヴァルト宰相は女だからと私の言葉を無碍にしたりはしないし、考え方も柔軟。息子に対する愛情がないわけではないでしょうけど、即時に切り捨てを決定するあたり、流石は名宰相と呼ばれるだけはある。

クルツ局長は廃摘を決めたものの、息子を平民落ちさせることは勘弁して欲しいと頭を下げた。ルドルフは魔法技術支援のためミオカール国へ送るそうだ。真摯《しんし》に反省し、ミオカール国で真面目に職務を務めて成果を上げるのであれば、カシハイムへ戻させて欲しいとも言っていた。了承はしたけれど、果たしてあの甘ったれのルドルフが新天地でやっていけるかしらね？

「私にはアレクシスしか息子がいない。あの子がいないと、ロイスナー家の跡を継ぐ者がいなくなる」

「係累から養子を迎えればいいじゃありませんの」

「そんな簡単に行くわけがあるか！」

それはまあ、そう。

成人近くにもなれば、先へ進む道は決まっている者がほとんどだ。次男以降は跡継ぎでないゆえに、早々に婿《むこ》入り先や就職先を探す。残っているのは半端な能力の者か、幼い子供だけだ。

「仕方ないわね。ローラント、あれを」

「はい」

ローラントが従者に持たせていた書類を団長へ手渡した。怪訝な顔をして受け取った彼の顔が見る見るうちに青ざめる。

「随分儲けてらしたようね？　この情報を公開したら……騎士団は糾弾されるでしょうね」

「っ、脅しのつもりか！」

「交渉材料と言って下さる？」

騎士団で使用して古くなった武具や防具については、冒険者ギルドや騎士の教育施設に安く払い下げることになっている。しかしロイスナー団長はその一部を闇商人へ流し、得られた金を着服していた。

「わ、私は私腹を肥やしていたわけではない。領民のために」

「知っておりますわ。ですが理由がなんであれ、横流ししていたことは事実でしょう」

ロイスナー領は財政危機に陥っていたのだ。彼は騎士としては優秀だけど、領地経営は得意ではないらしい。要は丼勘定《どんぶりかんじょう》なのだ。これだから脳筋は。

その情報を入手した私は、ゲルルフをロイスナー団長へ近づけさせた。彼は言葉巧《たく》みにロイスナーを説得し、横流しに協力させたというわけ。いずれはこの目障りな老害男を追い落とすつもりで準備していたのだけれど、こんなところで役に立つとはね。

「……分かった。アレクシスは廃嫡する。ただし放逐はしない。辺境騎士団に入れて鍛え直す」

「少し甘いような気もしますが、まあいいでしょう。では、こちらにサインを」

ローラントからアレクシスの廃嫡についての誓約書を差し出され、ロイスナー団長は渋々と署名した。

◆◇◆◇◆

「全て貴様の差し金だろう、この悪女が！　そんな汚い手を使ってまで、王妃になりたいのか！」

「主君の愚行を諫めもせず、破滅の道を勧めるような奸臣をそのままにしておくわけにはいきませんでしょう？　これはライナルト様の、ひいてはこの国のためですわ」

私はきりりと背筋を伸ばして淑女らしく優雅に、そして酷薄な笑みを浮かべた。

どう？　悪女らしく見えているかしら？

「で、どうなさいますの？　ライナルト様。それでも聖女様と結婚したいと仰るのであれば、私はもう何も言いませんわ。どうぞ、真実の愛を貫いて下さいな。ただし、我がヴェンデル侯爵家はライナルト様の派閥から離れますけれど」

ライナルトは目を落ち着きなく動かした。

鳴り物入りで召喚したものの、なんの成果も上げていない聖女。しかも精神的に病んで貴族学院の卒業も危うい。

さらに頼みの側近たちもローラント以外は全滅し、今のライナルトは裸《はだか》の王様ならぬ王子様だ。それでも彼女を妻にしたいというのなら、王太子を降りるしかない。

彼女と結婚するのならば、断種《だんしゅ》された上で王族から除籍《じょせき》されるだろう。平民に王族の血を引く子供を産ませるわけにはいかないから。

高位貴族が聖女の後ろ盾になれば、王太子のまま彼女を妃にすることもできたかもしれない。だけど今の愛菜の評判は最悪。誰も後見になろうとはしないだろう。

「……分かった。愛菜のことは諦める」

「では、婚約破棄はなさいませんね？」

「ああ」

ライナルトはがっくりと頭を垂れた。

うふふ。屈辱と失望に歪むイケメンの顔はたまんないわね～!!

お肌がツヤツヤになりそう。

自身の将来と愛菜との愛を天秤《てんびん》にかけ、彼は前者を取った。

「真実の愛」なんて所詮その程度だ。思春期の若者が熱に浮かされただけ。現実を知ればすぐに冷《さ》めるのよ。

これで折れてくれなければ、もう1つの事実を提示する予定だったのだけれど……必要なかったようね。

◆◇◆◇◆

「カサンドラ。俺がお前を愛することはない」

結婚式を明日に控え、準備に追われている私を呼び出した婚約者が、開口一番そう言い放った。すっごいドヤ顔で。

「俺が真に愛するのは愛菜だけだ。王太子である以上、彼女と結婚できないのは仕方ない。お前を抱くのも、妻として扱うのも義務として甘んじよう。だが、愛することだけはできない」

「……当然では？」

はあ。このクソ忙しい中をわざわざ呼びつけたと思えば。何を当たり前のことを言ってるのかしらね。

「これは政略結婚です。義務さえ果たしていただければ、愛など必要ありませんわ。お、お互いに」

「ふんっ。強がりを言うな。あれだけ俺に愛を強要していたくせに」

彼は口角《こうかく》を上げて顔を歪ませ、吐き捨てるように続ける。

「お前は、俺の王子という立場と容姿にしか興味がないだろう。愛菜は俺という人間そのものを見て、愛してくれたんだ。今は遠くから想うことしかできないが、俺はずっと彼女の幸せを願っている」

『愛してくれた』ですって！

私は吹き出しそうになるのを懸命に堪えた。

愛菜はとっくに幸せにやっているわ。それを知ったら、貴方はどんな顔をするかしらね。


あの断罪返しの日に伝えなかった、もう1つの事実。

それは、愛菜に恋人がいるということだ。

相手はグラウン子爵家に仕える庭師アレン。暗部から、庭師が愛菜に懸想《けそう》しているという情報は得ていた。彼がなかなかの美形だということも。

だからセルマを使って2人を鉢合わせさせ、会話できるように計らったのだ。子爵家で孤立していた愛菜にとって、彼は救いの神だったのだろう。あっという間に彼女はアレンと恋に落ちた。

私はそれをローラントに教えてやったわ。敬愛する主君のためならばと恋情を抑えて2人を支えようとしていた弟は、一時は食事も喉を通らないほどショックを受けていた。

愛菜が平民の男と恋仲で、身体の関係まで持っているという事実に打ちのめされたこと。このままでは侯爵家の嫡男という立場を失ってしまうこと。

そこでローラントは覚醒した。父に謝罪し、今後の態度次第という条件付きではあるが、廃嫡は免れた。私から父に口添《くちぞ》えしたのもある。

弟については放逐も考えたのだけれどね。

彼は皆が愛菜へ傾倒していくことを危惧《きぐ》し、魅了の使用を疑っていたらしい。魔力の痕跡はなかったというから、物語の強制力なのかもしれないわね。そうやって自らを客観的に判断できるところは、ハインツよりよほど賢いわ。まあ調査のためにと愛菜へ近づきすぎたことで、結局は弟自身も彼女に囚われてしまったけれど。ミイラ取りがなんとやらってやつね。

それに、私の後ろ盾としてヴェンデル侯爵家は必要だ。父だっていつまでも健在というわけではないだろう。実家を意のままに操るため、ローラントは残しておくことにしたのだ。

今の弟は私に頭が上がらない、忠実な駒。

相手を服従させる方法は脅しだけじゃない。多大な恩を売ることも効果的なのよ。

「確かに、幼い頃は貴方を恋い慕ったこともありますが。今はそんな気持ちなど皆無ですわ」

恋い慕っていたのはカサンドラであって、玲子《わたし》ではないのだけれどね。

そう伝えても、ライナルトの蔑《さげす》むような目は変わらなかった。嘘だと思っているのだろう。

私はふうと溜め息を吐いて言葉を続けた。

「そもそも頂きに立つ者とは孤独なもの。いずれは国王となられるのですから、その程度のことは覚悟しておくべきです。自分自身を見てくれないなんて、子供のような駄々……貴方はもう、成人を迎えたのですよ？　その上、なんの益にもならない女性に入れ込んで婚約を破棄しようなんて。そんな方を、どうして愛し続けることができましょう」

「孤独だからこそ、理解してくれる伴侶が必要なのだろうが！」

「それではお聞きしますが、彼女は貴方のどこを理解されていたのです？　身分を問わず、他者へ平等に接するよう心がけているところ？　期末試験で首位を取るために、人知れず徹夜までして努力するところ？　ああ、それとも公務が溢れているからと無理をして、時々栄養薬を飲んでいるところでしょうか？」

ライナルトは目を見開いた。

「そこまで知っていたのか」

「幼い頃からお仕えしていますもの。そんな貴方だから、私も生涯お支えしたいと思ったのです」

恋の始まりは容姿だったのかもしれないが、カサンドラはずっとライナルトを見つめ続けていたのだ。その記憶は玲子《わたし》の中にも残っている。

「そうか……。そんな風に、思ってくれていたんだな」

私へ向ける表情が、心なしか柔らかくなった。それどころか彼の瞳は潤み、熱すら帯びているような気がする。

今さら気付いても遅いのよ。というか気色《きしょく》悪いから、そんな目を向けないで頂戴。

「私には、正妃として貴方を支える覚悟はとうにできております。ですから私を無理に愛する必要はありませんわ。女性をお望みでしたら何人でも愛妾を抱えていただいて構いません。無論、貴方様に与えられている予算の範囲内に抑えた上で、ですが」

愛妾を選ぶ際は私を通してもらいますけどね。

チョロ王子の見る目は全く信用していない。よからぬ目論見《もくろみ》をするような女を、連れてくるかもしれないもの。

「なっ……お前はそれでいいのか？　俺が愛妾を持っても」

「それが正妃たる者の務めです。ああ、でも嫡男は私が産まなければなりませんので、1人目の男子が生まれるまでは我慢していただけるとありがたいわ。どうしてもと仰るのなら、愛妾様には避妊薬をご用意致します」

「……カサンドラ。お前は本当に、俺を」

ライナルトはひどく狼狽えながら、私を凝視している。

ふふっ。どうしたのかしらね？　当たり前のことを話しているだけなのにね。

私は彼に向かって優しく微笑を返した。最高に美しく見えるように。聖母のように。

「ええ。愛しておりませんわ」

◆◇◆◇◆

「ベティーナ、クレヴァー伯爵夫人をこちらへ取り込めたのは貴方のおかげよ」

「ありがとうございます。ケルステン子爵夫人の助力もあってのことですわ」

「クレヴァー伯爵が女好きという噂は、本当だったようね」

「ええ。ケルステン夫人の誘いにホイホイ乗ってきたようです。こちらの策とも知らず」

私の執務室で報告を行っているのは、ベティーナとフランツィスカ、キャスリン。放逐された王太子《ライナルト》側近の元婚約者たちである。

側近たち――アレクシス、ハインツ、ルドルフとの婚約は卒業前に解消された。私は彼女たちに彼らの解任へ動いていることを伝え、婚約の解消を勧めたのだ。勿論、新しい婚約者も紹介済み。

彼らは自らの婚約が解消されたと知って、大層驚いたらしい。アレクシスなんて、「俺を見捨てるのか!?」とベティーナに縋《すが》ったそうよ。ライナルトもそうだけれど、婚約者に対してあれだけ不義理をしておいて、どうしてまだ相手が自分を好いていると思えるのかしらね。

元婚約者の凋落に巻き込まれずに済んだと、彼女たちからは大変感謝された。今は私の忠実な側近として活躍してくれている。有能な部下をゲットできたのは、私にとってもありがたいことだ。

聖女愛菜は庭師アランとの結婚をグラウン子爵から反対され、駆け落ちした。今は市井で暮らしている。だが紹介状のない使用人にろくな勤め先が見つかるはずもなく、困窮《こんきゅう》しているらしい。溺れるような恋が楽しいのは最初だけよ。いつまで保つかしらね?

グラウン子爵は目論見が外れてがっかりしていたようだけれど、叩き潰されなかっただけありがたいと思って欲しいわ。

ライナルトは心を入れ替えたのか、今は王太子として真摯に執務や外交に取り組んでいる。貴族たちは未だに『聖女に惑わされた王子』と陰口《かげぐち》を叩いているようだ。そんな彼を献身的に支える私は、「婚約者の浮気に目くじらを立てなかったカサンドラ様は、器《うつわ》が大きい。流石は次代の王妃だ」と言われているらしい。私にとってプラスになる噂だもの。どんどん広めて頂戴。

王太子の新しい側近は、全て侯爵家の息のかかった家の人間で固めた。重臣たちにも徐々に調略を進めているし、女官はペトラを筆頭に私の指示で動く者を増やしつつある。王太子の評価がいつまでも最底辺では困るもの。私と有能な家臣の力で、ライナルトを良き君主に仕立て上げるのだ。時間はかかるだろうが、いずれは貴族たちの評判も戻ってくるだろう。

意外にも、籠《かご》の鳥となることにライナルトは反抗しなかった。自分の役割を淡々とこなしている。ちょっとは大人になったのかしらね？

それはそれでありがたいわ。次期国王ともあろうものがいつまでも思春期の子供のようでは、フォローが面倒だもの。

最近の彼は、私のことを丁重に扱うようになった。時折、切なげな瞳を向けられることさえある。あれだけハッキリ愛してないと伝えたのに……不思議だ。

まあいいわ。大切にしてあげるわよ、未来の国王様。私の傀儡として、ね。

これからもずっとずっと、私は悪を貫くわ。だって私、悪役令嬢なんですもの。

番外編1　愚か者たちの末路

ようやく今日の仕事が終わった俺はベッドに倒れ込んだ。頬に当たる固くごわごわとした寝《しん》具《ぐ》の感触が不快だが、そんなことを言っていられないほどに身体は疲れ切っていた。

野営に慣れているとはいえ、帰ってからもこんな固いベッドでは疲れが取れない。実家にいた頃は、いつだってふかふかで汚れひとつない寝具が用意されていたのに。

「どうしてこんなことになったんだ……」

カサンドラ様とローラントが去ったあと、俺は急いで騎士団長の執務室へ向かった。自分が廃嫡されたなんて嘘に違いない。きっと、父はいつものように「おう、アレクシス。どうした？」と優しい笑顔で俺を迎えてくれるだろう。そう思っていた俺を待っていたのは、苦《く》渋《じゅう》に満ちた表情の父だった。

「本当だ。お前を近衛騎士から解任したことも、廃嫡したことも」

「なぜですか、父上！」

「自分のせいだろうが。あのなんの役にも立たぬ聖女へ入れ込んだ挙句、陛下に見放されたのだぞ。貴様は我が家に泥《どろ》を塗ったのだ」

俺を叱咤《しった》しつつ、父はどこか悔しそうな表情だった。

きっとカサンドラ様のせいだ。あの悪女が、父にも脅しをかけたに違いない。

「身を改め、騎士の務めを全《まっと》うします。それならばいいでしょう」

ライナルト殿下も父も、カサンドラ様に屈した。ならば今は俺も従うフリをすべきだ。

俺が真面目な姿勢を見せれば、父も廃嫡を考え直してくれるに違いない。母亡きあと、父は俺を何よりも大切にしてくれたのだから。

「お前は辺境騎士団に転属とし、北の国境警備につける。そこで一から鍛え直してもらえ」

「そんなっ……国境警備なんて落ちこぼれの騎士が行くところじゃないですか！　俺は代々王宮騎士を務めるロイスナー家の息子です。そんな屈辱を受け入れられるわけが……」

そこまで言いかけたところで、俺の身体は床へ転がった。父が俺を殴り飛ばしたのだ。呆気にとられた俺を、騎士たちが部屋の外へと放り出した。

「父上！　お願いです、話を……！」と叫ぶ俺の前で、扉がバタンと閉められる。どんなに叩いても、扉が開けられることはなかった。

とぼとぼと家路へと向かいながら、俺は必死で考えを巡らせた。

このままでは極寒《ごっかん》の地へと送られてしまう。

国境警備でも北は特に厳しい任務だと聞く。カシハイムの北部は山間地帯に接しており、魔獣の出没数は他の地域よりはるかに多い。しかも冬場はかなりの豪雪であり、怪我や病気で亡くなる騎士も少なくないという。

いつになれば王都へ戻れるのか、父は明言しなかった。このままでは俺の夢だった騎士として大成するという道が絶たれてしまうどころか、北の地で命を落としてしまうかもしれない。


「何かご用でしょうか、ロイスナー伯爵令息」

俺はその足で婚約者であるベティーナの実家、バートレット伯爵家へと赴《おもむ》いた。先触れを出さずに訪れるのは失礼と分かっていたが、急ぎ彼女と話す必要がある。

ベティーナはカサンドラ様と仲が良い。彼女からカサンドラ様へ取りなしてもらおう。

愛菜を陥れた悪女へ頭を下げることに抵抗はある。だけど今は国境行きを回避することが先決だ。そのためなら土下座《どげざ》だってしてやる。

だが客間に現れたのはベティーナではなく、バートレット家の家令だった。彼の顔は無表情で、心なしか強張《こわば》っている。いつもは温かい笑みで俺を迎え入れてくれるのに。

「突然の訪問で申し訳ない。ベティーナに会わせてくれ。いるんだろう？」

「お嬢様と貴方様の婚約は既に解消されております。僭越《せんえつ》ながら、バートレット伯爵令嬢とお呼びすべきかと」

「何だって⁉　そんなこと、俺は聞いてない！」

「既に両家の当主同士で話し合い、婚約解消の手続きも済んでおります。お引き取り下さい」

信じられなかった。当人が知らぬ間に婚約が解消されるなんて。そんなこと、あっていいはずがない。

「何かの間違いだ！　とにかく、ベティーナと話をさせてくれ」

「これ以上騒がれるようなら、護衛を呼びますよ」

取り付く島もない家令にイライラとした俺は、彼を突き飛ばした。老人相手に乱暴はしたくないが、今はそんなことを気にしている場合じゃない。力ずくでも通らせてもらおう。

「あっ、お待ち下さい！」と叫ぶ家令を振り払い、廊下へ出たところに——ベティーナがいた。

「ベティーナ、やっぱりいたんだな。なぜもっと早く出てきてくれなかったんだ」

「このまま黙ってやり過ごすつもりでしたの。我が家の使用人に暴力を振るいましたね？　この件は正式にロイスナー家へ抗議させていただきますわ」

「怪我をさせない程度に加減した。そもそも、お前がなかなか出てこないのがいけないんだろ」

「先触れもなく押しかけてくる無礼な方に、お会いする必要がありますの？」

ベティーナが俺を見る眼差《まなざ》しはひどく冷めている。彼女とは10年来の付き合いだが、こんな表情をされたことは初めてだ。嫌な汗が背中を伝う。

「突然の訪問については謝罪する。だけど、今までも俺がいきなり来たことはあったろう？」

「婚約者だから許容していただけですわ。ロイスナー伯爵令息との婚約は、既に解消されております。もう気を使う必要もないでしょう」

「そんなこと、俺は認めてない！　父上が勝手に決めたんだ。ベティーナ、お前だって不服だろう？　お前は俺を愛していたはずだ」

「いいえ。むしろ喜んでいますわよ」

それは思ってもみなかった答えだった。

幼い頃から俺を慕って、いつも俺のあとをついてきてくれたベティーナ。目の前にいるのは、本当に俺の知る彼女なのか……？

「あの聖女の愚かな戯言《ざれごと》を信じ、私の忠告を散々無視するどころか怒鳴り散らすような方の婚約者でいることが、どれだけ苦痛だったか。貴方を慕う気持ちなど、とうに失くしておりますわ」

「し、嫉妬させるようなことをしてしまったことは反省している。これからはベティーナを優先するから」

ライナルト殿下が愛菜を諦めた以上、俺が彼女をという考えがなかったわけではない。だけど今はベティーナと仲直りしなければ、俺の立場が危うい。

「全然分かってらっしゃらないのね」

ベティーナがふんと鼻を鳴らした。

その時の彼女の表情は今でも忘れられない。まるで道に落ちているゴミでも見るような、心底どうでもいいモノに対する顔だった。

「嫉妬？　そのように程度の低いことは言っておりません。私が道を誤《あやま》ろうとする貴方を窘めていたのは、婚約者だからですわ」

「べ、ベティーナ……？」

「慕う気持ちがなくなったとしても、私はいずれ妻になる身として貴方を支えようと思っていました。たとえ罵詈雑言を吐かれても、耐えていました。それは貴族令嬢として当然のこと。ですが貴方は婚約者として最低限の務めすら怠《おこた》った。きっと貴方にとって私は、婚約者という名の置き物だったのでしょう。そんな方と添い遂げるなんて私には無理です。次の婚約者には私を尊重して下さる方を選びますわ」

ベティーナが他の男と……？

そんなこと、想像したこともなかった。俺はカッとなり「駄目だ！　他の男と婚約なんて許さないっ」と叫んだ。

「貴方、私を『愛菜に嫉妬して虐めをする意地の悪い女』と言っていたのでしょう？　私はもう貴方とは関係ありませんから、好きなだけ聖女様の傍に侍ればいいでしょう」

「待ってくれ、ベティーナ！　このままじゃ俺は、北の辺境へ送られてしまう。俺を見捨てるのか⁉」

どれだけ縋っても、ベティーナは冷淡な態度を崩さなかった。カサンドラ様へ渡りをつけてもらうどころではない。ベティーナが俺から離れるなんて、どうしても信じられなかった。

悶々《もんもん》と悩み、よく眠れない数日が過ぎた頃。

我が家の家令エグモントが、「アレクシス様。旦那様より言付《ことづ》けです。本日正式に異動となりましたので、速《すみ》やかに国境へ向かうようにと」と渋い顔で俺に告げた。

「今日だって⁉　まだなんの準備もしていないぞ」

「荷物はまとめておきました」

エグモントの足元にはトランク1個と、冬用コートが置かれていた。突然すぎて思考が追いつかない。

「いくらなんでも急すぎるだろう」

「バートレット伯爵家から、抗議の文書が届きました。旦那様はお怒りですよ。ただでさえバートレット伯爵やご令嬢の不興《ふきょう》を買っているのに、さらに迷惑をかけるとはと。あちらへ示しをつけるため、アレクシス様を即時に辺境へ送ることに決まりました」

「迷惑なんて、俺はそんなつもりじゃ……。ただ、ベティーナと話したかっただけで」

「アレクシス坊ちゃん」

エグモントが俺の顔をのぞき込んだ。この男は俺が産まれる前からロイスナー家に勤めている。そういえば、幼い頃はこんな風に呼ばれていたっけ。

「既に婚約は解消されているのです。それなのにあちらへ押しかけて縋るなど、恥の上塗《うわぬ》りですよ。大人しくしていて下されば、せめてもう少し暖かくなるまで国境入りを先延ばしできたものを」

はぁと溜め息を吐いたあと、エグモントは俺を玄関の外へと押し出した。このままでは本当に辺境へと送られてしまう。俺は必死で彼へ縋りついた。

「待ってくれ。何か方法があるはずだ！　ベティーナだって、今は怒っているだけだ。頭が冷えればきっと俺を許して」

「私は幼い頃からお二人を見てきました。バートレット伯爵令嬢と坊ちゃんは本当に仲がよろしくて……。いずれ当主夫妻となったお二人に、お仕えする日を楽しみにしておりました。もはや叶わぬ夢となりましたが」

エグモントが呼んだらしい大勢の使用人がやってきて、暴れる俺と荷物を馬車へ放り込んだ。

まさか、このまま北へ……？　嫌だ。そんなのは嫌だ！

「頼む、もう一度父上と話をさせてくれ！」

家令はそれに答えず馬車の扉を閉める。ガチャンという音が聞こえた。外から鍵を閉められたのだ。無情にも動き出した馬車の窓から、エグモントがこちらへ向かって頭をトげている姿が見えた。


国境に着き辺境騎士団へ配属となった俺は、連日先輩たちにしごかれた。厳しい訓練の合間に雑用を押しつけられ、皆の嫌がる山中の魔物討伐へ駆り出されることもある。今日は俺1人が屯所《とんしょ》の雪かきを押しつけられた。同じ部隊の者たちは暖炉の傍でぬくぬくとしているのに。耐えきれず文句を言うと殴られた。

「生意気なんだよ、新参のくせに」

「お前、元王宮騎士なんだって？　こんなところへ送られるなんざ、よほどのヘマをしたんだろ」

「なんでもあの聖女サマの愛人だったらしいぜ」

「ほぉん。あれだろ、王太子や側近を侍らせていたっていう色情女《しきじょう》だろ？　そりゃ、さぞ気持ちいい思いをさせてもらったんだろうなぁ」

ゲヘゲヘと下品な笑いをする彼らに、俺はカッとなって「愛菜を悪く言うな！」と叫ぶ。そうしたらまた「うるさい」と複数人からボコボコに殴られた。

「こんな辺境の地じゃな、実力だけがモノを言うんだ。近衛騎士団長の息子だかなんだか知らねぇが、剣術も体力も中途半端なお前なんて役立たずなんだよ。そんな奴に任せられるのは雑用くらいなんだって分からねえのか」

「馬鹿な奴だ。無能野郎だって親元にいれば、それなりの地位にありつけただろうにな」

「雪かきが終わるまで宿舎に戻ってくるんじゃねぇぞ」

倒れ伏した俺に、先輩たちはそう吐き捨てながら去っていった。

『騎士団長の息子ということ。それは貴方にとってプラスになりこそすれ、マイナスにはなりません。強くなりたいというお考え自体は理解できます。ですが、ただ強くなればいいわけではありません。今のお立場だからこそ、成せることもあるはずです』

ベティーナの言葉が頭に浮かぶ。

今なら分かる。俺はずっと父の――騎士団長の息子という立場に甘えていた。実力もないのに王太子の専属護衛に抜擢《ばってき》されて、同僚に持ち上げられて。それが気に入らなくて、がむしゃらに強くなろうとした。

所詮は甘やかされた子供の我が儘だ。ベティーナはそれを俺へ教えようとしてくれたのに……。耳を貸さなかった結果がこうだ。大成どころか、騎士として最底辺じゃないか。

なんとか雪かきを終わらせ、殴られた痛みと重労働による疲労で倒れそうな身体を引きずって自室のベッドに転がり込む。冬だというのに、支給されているのは薄手の掛けシーツ1枚。それでもないよりはマシだ。俺はシーツにくるまった。

横を向いて丸まったところで、机に置きっぱなしだった手紙が目に入る。

エグモントから時折こうして手紙が来るのだ。内容は王都の近況を伝えるもので、最後はいつも俺の身体を気遣う文章で締めくくられている。

最近、ベティーナは婚約したらしい。とある伯爵家の次男で、宰相の側近として重用されている執務官だとか。

あれだけ会いたいと思っていた愛菜のことは、もうあまり思い出すことがない。脳裏に浮かぶのはいつも、共に庭を駆け回って遊んだ幼いベティーナの笑顔だ。

「うぅ……」

涙が溢れ出し、水溜まりが枕を濡らす。

ライナルト殿下はどうしているだろうか。ルドルフやハインツは？　皆、俺と同じように底辺へ追いやられ、苦しんでいるのだろうか。

騎士団長になって、皆と一緒にライナルト殿下を支えるのが夢だった。それは決して届かぬ望みではなかったはずなのに。手放したのは俺自身だ。

疲れ切った身体に睡魔《すいま》が忍び寄る。せめて夢の中では、叶わなかった未来が見られるだろうか。

◆◇◆◇◆

「なぜです、父上！　どうして俺が放逐されなければならないのですかっ！」

「理解できないのなら、それが理由だ」

宰相の執務室へ飛び込んで抗議する俺に、父は感情のこもらない目で答えた。

「あれだけ距離を置けと言ったにもかかわらず聖女にまとわりつき、挙句の果てにライナルト殿下の婚約破棄という軽挙に手を貸そうとしたらしいな」

「そ、それは殿下のために……」

「お前は側近の役目をなんと心得ているのだ。主君が道を違えようとした時は、身命を賭《と》してお止めするべきだろうが」

俺は言いかけた言葉を飲み込んだ。英明な父は俺のしようとしたことなど、全て知っているのだろう。

「お前のせいで、危うくヴェンデル侯爵家を敵に回すところだった。陛下の口添えがなくば、私の宰相の地位すら危うかったのだぞ」

「そもそも、全てはカサンドラ様のせいだ。彼女が愛菜を守ろうとする俺たちを追い出そうと謀《はか》ったのです。父上は、あのような悪女に屈するのですか⁉」

「謀った？　それのどこが悪い」

「え……」

父が正面から俺を見据えた。眼鏡の奥の瞳がギラリと光り、その鋭さに身震いがする。

「綺麗ごとだけで政治ができると思っているのか？」

「いえ、そこまでは思っていませんが」

「あの異世界から来た女は、綺麗ごとしか口にしないだろう。聖女だからな。そんな人間が、隙あらばこちらの足を掬《すく》おうとする貴族どもと対等に渡り合えるか？　無理だろう。だが、カサンドラ様はそれができる」

「うぐ……しかし……」

「彼女がお前たちを追い落とした手管《てくだ》は見事だった。男だったら私の側近に欲しいくらいだ。未来の王妃に相応しい令嬢は、彼女以外にあり得ない」

父の言うことは正しい。

頭では分かっているのに、感情が追いつかない。

あの悪女に負けたことも、殿下の側近どころか貴族ですらなくなることも。愛菜の傍にいられないことも。何もかも納得がいかなかった。

オスヴァルト家から籍を抜く書類にサインさせられ、俺は家から出ることになった。心の奥底では、父がこっそり撤回してくれるのではないかと期待していたけれど……そんな甘い妄想はすぐに打ち砕かれた。

俺の廃嫡と除籍は、ヴェンデル侯爵家へ誠意を見せるためもあるのだろう。冷徹宰相と呼ばれた父のことだ。相手が実の息子だろうが、害があると判断すれば切り捨てる。そんなところも尊敬していた。

だけど実際に我が身へ降りかかってくると、その情のなさが腹立たしい。俺は父の、オスヴァルト家の長子なのに。

伯父《おじ》の計らいで、俺はアルトナー子爵領で執行官の補佐として働かせてもらうことになった。いきなり平民に落として路頭に迷わせるのは忍びないと、伯父が父に取りなしてくれたそうだ。

アルトナー子爵領は西の国境寄りにある。面積はかなりの広さがあるものの、人の住む地域は少ない。領地の大半が農地や森林だ。

ここの領主であるアルトナー子爵は伯父と旧知の仲らしい。子爵は普段王都にいるため、弟のヘンリック様が代理執行官として領地の内政を担っている。何せ広大な領地だ、補佐の人手が足りない。そのためなんとか俺をねじ込めたというわけだ。

「ハインツ、こっちも頼めるか？」

「はい、構いません。手持ちの作業はもう終わりましたから」

「ありがとう。ハインツは本当に仕事が早くて助かるよ」

俺は先輩から書類を受け取り、すぐに取りかかった。

領地の内政に関する仕事は、俺に言わせれば簡単だった。王太子の側近だった頃は、国政に関わる高度な執務をこなしていたのだ。複数の領地にわたる問題を解決したこともある。

ここの仕事は1つの領地に関することだけ。俺にとっては物足りないくらいだ。

補佐は俺を入れて4人。他の3人は30～40代で俺が一番若い。俺よりベテランであるはずなのに、彼らの仕事は遅いしミスも多かった。3人とも子爵家や男爵家の次男や三男で、行く当てもないため執行官補佐の仕事に就いたそうだ。

なるほど、と俺は独《ひと》りごちる。

貴族学院において、成績上位者はほとんどが高位貴族の令息令嬢だ。下位貴族の中にも優秀な者はいるがほんの一握り。つまり、彼らはその一握り以外の者たちなのだろう。落ちこぼれとまでは言わないが、決して有能ではない。

ここで頼りになるのは自分だけということだ。俺は仕事をこなす合間に、何か改善できることはないかと考えを巡らせた。

各地から上がってくる書類は書式が様々だ。ひどい時は作成者によって全く書き方が違うため、読むだけで一苦労。そこで俺は文書の書式を揃える提案をした。勿論、扱う内容によってある程度変えたり、関係各部署へ周知徹底させたりする必要はある。だが効率は格段に上がるはずだ。

「書式の統一により、生産性の向上が見込めます。書類のミスも減るでしょう」

「うーん……俺たちだけならともかく、領民や兵士たちにこれを浸透させるのは難しくないか？」

「時間はかかるでしょうが、根気よく指導すれば」

先輩たちは乗り気じゃないようで、よい返事はもらえなかった。だから俺は直接ヘンリック様へ直談判することにした。

ヘンリック様は部下や使用人に対しても、決して無体《むたい》なことは仰らない。公平で優しい方だ。彼ならば、俺のような新参者の意見にも耳を傾けて下さるに違いない。

思った通りヘンリック様は「いい案だね。検討してみるよ」と仰って下さったが、結局時期尚早《しょうそう》ということで却下された。どうやら先輩たちが反対したらしい。

仕事が終わったあと、もう一度説得してみよう。じっくり顔を付き合わせて話せば、きっと分かってもらえる。ここで実績を上げるんだ。そうしたら父も、俺を見直してくれるかもしれない。

俺は屋敷の離れにある談話室に向かった。補佐官にはそれぞれ離れの一部屋を私室として与えられているが、先輩たちは談話室に集まって酒を飲んでいることが多い。今日もおそらくそこにいるだろう。

「ハインツはさぞしょげているだろうな」

「分かってないよなあ。効率上げたって仕事が増えるだけなのに。俺たちは適当に仕事して、引退するまで金が稼げりゃいいっての」

「王太子の側近だったらしいが、周囲が見えてないのは執務官として致命的じゃないか？」

「違いねぇな！」

彼らはガハハハと笑い、俺の悪口を言い合っていた。酒が入っているせいか、普段より口が悪い。「仕事だけは早いからな、これからもアイツに仕事を押しつければ楽できる」という声も聞こえてきた。

……そのあとのことはよく覚えていない。我に返った俺は、先輩たちに取り押さえられていた。彼ら曰く、俺が突然叫びながら殴りかかったらしい。

「暴力沙汰《ざた》を起こすような者は雇えない」

翌日、俺は解雇された。ヘンリック様に彼らの暴言を話したが、先輩たちは俺が酒に酔って暴れたと言い張った。結局、長く勤めている彼らの方が信用されたのだ。

伯父にはもう仕事の紹介はしないと言われた。顔を潰されたと、ひどく怒っていたようだ。

俺は様々な貴族を当たったが、紹介状がないためどこも断られた。恥を忍んで学友だった者たちにも頭を下げたが、彼らは首を振るだけ。中には蔑んだ目で「学院時代は偉そうにしていたくせに、いいザマだ」と言われたこともある。

あいつら、俺が殿下の側近だった時は媚《こ》びへつらっていたくせに……！

俺は雇い人を募集している商会をいくつか当たってみた。平民へ仕えることに抵抗はあるが、背に腹は代えられない。だがそこでも紹介状がないということが足を引っ張る。何件もの商会や大店《おおだな》を当たり、ようやく見つかったのは小さな商会の、しかも下働きの職だった。

与えられた仕事は、下働きの中でも最底辺。水汲《みずく》みや暖炉の石炭運び、汚物《おぶつ》の始末……。

将来を嘱望《しょくぼう》されていた俺が、なぜこんな汚い仕事をしなくてはならないんだ。

「やだぁ、アレンったらぁ」

その日、俺はいつものように薪を載せた荷車《にぐるま》を引いていた。腰を曲げて引っ張っても枝を満載した車は遅々《ちち》として進まない。唸《うな》りながら荷車を引っ張る俺の耳へ届いた、聞き慣れた声。

「まさか、愛菜なのか？」

顔を上げた俺は……信じられない光景を目にした。愛菜が男と腕を組んで歩いている。男の方に見覚えはない。服装からして平民だろう。愛菜は男の逞しい腕に絡みつき、甘えた声でじゃれついている。

最初は人違いかと思ったが、愛しい女性を見間違うはずもない。

なぜだ。なぜ、あんな男と親しげにしているんだ。

ライナルト殿下がカサンドラ様に屈し、側近の俺たちが凋落した今、愛菜が冷遇されているだろうことは想像していた。もはや彼女へ何もしてやれない自分が情けないとも思っていた。

だが、今の彼女はどうだ。まるで下品な町娘のように、見知らぬ男にまとわりついている。

俺がこれほど苦しんでいるというのに。

見苦しいほどに戯《たわむ》れながら目の前を通り過ぎていく愛菜は、俺に気付きもしなかった。

「俺は……なんのために今まで……！」

それからは全く仕事をする気が起きなくなった。当然のことながら商会をクビになり放り出され、当てもなく街をふらつく。腹が減ったが、パン１つ買う金もない。そのうちに歩く体力もなくなり、浮浪者に混じって裏道に寝転んだ。

横たわる俺の目に白いものがちらつく。雪が降っているのだ。道理で寒いと思った。寝転がったままの俺の身体へ、雪が降り積もっていく。

「……身体全体の腑が弱っておられます。残念ですが、もう長くはないかと」

「そんな……なんとかならないのですか⁉」

「こればかりは、神の采配ですので……」

覚醒するにつれ、遠くに聞こえていた声が段々と近くなってくる。まだ頭がぼうっとしているが、ベッドに寝かされていることは分かった。

豪奢ではないが年代物の家具、埃《ほこり》ひとつなく清められた部屋。どこかで見覚えがある気がする……。

「坊ちゃま！　目覚められましたか！」

「アイーダ？　ここはどこだ」

「オスヴァルト侯爵邸の離れでございますよ」

アイーダは俺の元乳母《うば》だ。皺《しわ》だらけの顔をさらにしわくちゃにしながら、彼女は涙を流して俺へ縋りついた。

「……そうか。俺は帰ってきたんだな」

路地裏で寒さに震えていたところまでしか覚えていない。そのまま気を失っていたのを誰かが実家へ運んでくれたのだろう。

「さ、坊ちゃま。お食事ですよ」

身体が弱ってほぼ寝たきりとなった俺を、アイーダは甲斐甲斐《かいがい》しく世話してくれた。

彼女は子供の頃からずっと俺を『坊ちゃま』と呼ぶ。以前はそれが鬱陶しくて、坊ちゃま呼びはやめろと何度も叱った。だけど今はその呼び方が心地よい。それは多分、根底に愛情が横たわっているからだ。

離れにはアイーダと、掃除をする使用人の他は誰も来ない。父や弟は本邸にいるはずだが……そうだな。ここまで落ちぶれた俺に、彼らが会いに来る必要などない。俺へ無償《むしょう》の愛を向けてくれる者など、亡き母とアイーダくらいのものだ。

俺はただ寝て食べてまた寝るという生活を繰り返した。段々、起きている時間が短くなってきた気がする。なんだかもう、色々なことがどうでもいい。

ある夜、うとうととしていた俺は、頬へ触れる温かい手により目を覚ました。慈愛に満ちた目で俺を見つめながら頬を撫《な》でる父。彼からこんなに優しい瞳を向けられたのは、いつぶりだろうか。多分、もう思い出せないくらい昔のことだ。

そうか。きっとこれは夢だ。俺に都合のいい幻想。夢ならば……心の淀《よど》みを全て吐き出しても、構わないだろう。

「父上。俺はずっと、父上みたいになりたかったんです。国政を率いて、皆から尊敬される宰相に」

「……そうか」

「俺は他者から評価されることに固執《こしつ》してしまっていた。愛菜に惹かれて彼女の言葉を信じてしまったのも、全部、俺の愚かな執心《しゅうしん》が招いたことだ。本当に俺が褒めて欲しかったのは、父上だったのに」

父が何か喋っているが、もう聞き取ることはできない。

そうして俺の意識は深く深く沈んでいった。二度と上がれぬ、闇の底へ。

◆◇◆◇◆

「ルドルフ先生～。魔法はなんの役に立つんですかぁ～？」

「だ、だから集団戦闘における、こ、後方支援の」

「聞こえませーん」

生徒たちのクスクスという笑い声が聞こえ、羞恥《しゅうち》で顔が赤くなる。それを見て彼らは「先生、泣いてんのー？」とさらに嘲笑う。いたたまれなくなった俺は、教室から飛び出した。

「ルドルフ。ミオカール国で3年耐えろ。成果を上げればカシハイムへ戻してもらう確約をとった。あとはお前次第だ」

あの運命の日。この短期間でひどくやつれた様子の父が俺に告げた。俺を助けるため、ずっと陛下やヴェンデル侯爵と交渉し続けていたらしい。魔法局局長の職すらかけて頭を下げたのだと、父の側近が教えてくれた。

最終的に陛下は、父とクルツ家にはお咎めなしとの決定を下した。国内魔法師のトップとして、確固たる実績を持つ父であるからこその裁定だろう。逆に言えば、そこまでしなければならないほど俺の状況は危うかったということだ。ハインツのように平民落ちしなかっただけでもありがたいと思わなければ。

俺は学院を卒業後、すぐにミオカール王国へ渡った。名目上の役職はミオカール王立魔法研究所の特別顧問《こもん》だ。

キャスリンとの婚約は知らぬ間に解消されていた。向こうからの申し出だったらしい。王太子の側近でなくなった俺には用がないということだろう。

それはどうでもいい。ただ、愛菜と会えなくなることに胸が痛んだ。

ライナルト殿下とカサンドラ様の婚約は破棄されなかった。ならば……愛菜をこの手に入れることも可能なのではないか？

３年の辛抱《しんぼう》だ。そこで身を立て、成果を引っさげてカシハイムへ戻る。そして愛菜に求婚するのだ。

ハインツやアレクシスも遠くへ飛ばされた。もう彼女を守る者は誰もいない。傷ついて殻に閉じこもっている愛菜に寄り添えば、彼女の心は俺へ向けられるかもしれない。

意気揚々と研究所へ出勤した俺を待っていたのは、死んだ魚のような目をした所員たちだった。

ミオカールが他国と比較して魔法技術のレベルが低いことは、知識としては知っていた。しかし実際に目にすると我が国とのあまりの違いに驚く。

この国の人間は魔力の少ない者が多い。そのため、魔法に頼らない生活が染みついている。

例えば我が国《カシハイム》ならば、火を起こす際は発火の魔法を使う。魔力の乏《とぼ》しい者は火の魔法石を使えばいい。だがこの国では火打ち石を使う方法が一般的である。

他国から魔石を輸入してはいるが、それを使えるのは貴族や裕福な平民のみ。つまり魔法は

『贅沢品』なのだ。

当然ながら、魔法師の地位は底辺。

王立の魔法研究所といっても名ばかりで、職員はやる気が全くない。貴族の次男、三男で少しばかり魔力のある者が配属されるらしい。彼らの論文を読ませてもらったが、レベルが低くとても実用に値しないものばかりだ。

ここが吹き溜まりのような場所であると、俺はすぐに悟《さと》った。

「カシハイムから来られたとお聞きしましたわ。遠国《えんごく》ゆえ、あまり存じませんの。是非《ぜひ》お国のことをお聞きしたいわ」

そんなことを言って近づいてきた令嬢も数人いた。俺が他国の高位貴族令息だと聞いて関心を持ったらしい。だが勤め先が魔法研究所だと知ると、蔑んだ目をして去っていった。こっちだって彼女たちに興味なんてない。なぜどうでもいい相手にまで軽蔑されなければならないんだろう。

先輩所員に花街《はなまち》へ誘われたこともある。

「結構いい女が揃ってるよ。研究所勤めなんて、言わなければバレないさ。王宮の文官だと言っとけばいい。嘘じゃないし、その方が女にモテる」

勿論、断った。嘘じゃないといっても身分を偽ることに違いはない。それに花街にいる娘なんて、最底辺の女じゃないか。俺には真に愛する女性――愛菜がいる。

俺は必死でやれることを探した。ミオカールの騎士団には魔法師はいない。３年という短期間で実績を積むのであれば、戦闘で成果を上げるのが一番手っ取り早いだろう。

俺は騎士団長にアポを取り、魔法師を利用した戦術を提案した。その性質上、魔法師は後方支援になる。だが遠距離攻撃ならば十分に戦力になるはずだ。

「君のいた国と違って、ここにはそんな高度な魔法を使える者がいない。有用な戦術とは思えないな」

「それは、これから育てていけば」

「この国に魔力の高い者がどれだけいると思う？　戦闘に使用するのならば、交代要員も考えて２部隊は必要だろう」

「ならば魔法石で代用するのは如何でしょうか」

「そんな高価なものを、戦闘のたびに消費するのかね？」

それ以上の説得材料もなく、渋々と引き下がった俺の耳に「魔法師がなんの役に立つんだ」という声が聞こえた。団長の横に控えている騎士の１人が呟いたらしい。

「まあそう言うな。せっかく遠いカシハイムから招聘したのだ。彼とて必死なのだよ」と部下を宥める騎士団長の瞳にも、どこか嘲《あざけ》りが含まれていた。

それからも俺の研究は空回りするばかりだった。

自分が今まで会得《えとく》してきた技術が、ここではなんの役にも立たない。少ない魔力でも使える魔法の研究や、低品質で安価な魔石を使った魔法具の開発。どれも実用には至らなかった。

ある時、所長から「子供たちに特別授業を行ってくれないか」と言われた。子供の相手なんて……とは思ったが、頭の柔らかいうちに魔法に関する認識を改めてもらうのは、悪くないかもしれない。

だけど授業は思った以上に大変だった。子供たちは授業が始まって10分も経たないうちに飽きて騒ぎ出す。それはまだいい。何よりも、彼らが俺の吃音を馬鹿にするのが嫌だった。おどけるのが得意な男児が、俺の喋り方を真似して笑いを取ったこともある。

あまりにも屈辱だった。

魔法局の先輩たちは、少なくとも面と向かって俺の喋り方を馬鹿にすることはなかった。彼らが大人だったからというのもあるが、何よりも俺が父の、魔法局局長の息子という理由が大きいだろう。だけどここに父はいない。どれだけ与えられた環境に甘えていたか、俺はようやく思い知った。

あとから知ったことだが、特別授業は研究所に与えられた予算を使い切るための策だったらしい。もし予算が余ってしまえば、翌年から減らされてしまうから。所長は子供たちに魔法を広めようなんて気は全くなかったのだ。

10年に一度の天才という自負が、徐々に削られていく。いつしか俺は酒へ逃げるようになった。宿舎へ帰ると浴びるように酒を飲み、そのまま泥酔《でいすい》して眠る。翌日は二日酔《ふつかよ》いでろくに頭が働かない。手をつけていた研究に向き合う気力もなくなり、放置したままだ。

ある朝、髭《ひげ》を剃《そ》ろうとして鏡を見た俺は、自分の顔を見て思った。どこかで見た顔だ。どこだったっけ？

……そうだ。研究所の所員たちだ。彼らと同じ、青白い顔に死んだ魚のような目。

なんで俺はカシハイムに帰りたかったんだろう。ああ、そうか。愛菜だ。

愛菜のことは最近ほとんど思い出すこともなかった。自分がなぜあれほど彼女にこだわっていたのか、今となってはよく分からない。

愛菜へ入れ込まなければ、あのままライナルト殿下の側近でいられたかもしれない。だけどもう、どうでもいい。

俺は瓶に残っていた酒を呷《あお》り、千鳥足で研究所に向かった。

このままでいいじゃないか。ここにいれば、毎日酒を飲んで暮らしていけるのだから。

◆◇◆◇◆

「ライナルト。自分が何をしたか。いや、何をしでかそうとしたか理解しているか」

卒業式を終えたその夜、俺は陛下と正妃様に呼び出された。婚約破棄未遂のことだろうと察しはつく。

昨日の屈辱的な会話は思い出したくもない。カサンドラが父や義母まで調略したせいで、俺は愛菜を諦めざるを得なかったのだから。彼女はさらにアレクシスやハインツ、ルドルフにまで触手を伸ばして追い落とした。

卒業式には全員出席したが、彼らの落ち込みようにはかける言葉もなかった。

愛菜に嫉妬したからといって、ここまでするのかと怒りが湧《わ》いてくる。

カサンドラの執着が鬱陶しくはあった。しかし愛せないとはいえ、幼馴染としての情はある。婚約は破棄するとしても、彼女が悪事を心から悔いるなら寛大な処置で済ませるつもりだったのに。

「カサンドラのことですか」

「そうだ」

「確かに婚約者のいる身で、他の女性を愛した俺にも非はあるでしょう。だが、カサンドラのやり方はあまりにも悪質。あのような悪女を王太子妃にするわけにはいかない。排除すべきだという考えに変わりはありません」

「……ここまで愚かだとは思わなかった」

陛下がはぁと溜め息を吐きながら呟いた。

愚か者と言われ、怒りで顔が熱くなる。

父上も義母上も、なぜ分かってくれないんだ。

カサンドラが王妃になれば、彼女とヴェンデル侯爵に王家が、いやこの国そのものが乗っ取られるかもしれない。俺はそんな危機的状況を回避しようとしただけなのに。

「そもそもお前が王太子になれたのは、ヴェンデル侯爵の後押しがあったからだろう。それを忘れたとは言わさんぞ。幼い頃から何度も言い聞かせたはずだ」

「忘れてはいません。だからといって、カサンドラの暴虐《ぼうぎゃく》を許していいのですか」

正妃様が「暴虐、ねぇ」と鼻で笑う。

「貴方の言う『暴虐』とは、あの愚かな聖女を追い落としたことかしら。それとも貴方の側近たちを排除したこと？」

確かにカサンドラは、『私の行動は、陛下も王妃様もご存じ』と言っていた。だけど俺は半信半疑だった。強がりを言っているだけかもしれないと。まさか本当に2人とも、知っていてあの悪女の横行を許しているのか……!?

「あのくらいの荒事《あらごと》、王族や高位貴族なら誰だってやっているわ。私だって、正妃の座を守るためにそれはもう色々やったものよ。この国にはよそから来た私のことが気に入らない貴族たちが大勢いましたから」

「若い頃のお前はなかなか苛烈だったな。……いや、すまない。わしが至らぬせいでオティーリエには面倒をかけた」

「あら、いいのですよ。陛下を責めたつもりはございません」

陛下がそっと正妃様の手を握った。夫婦仲がいいのは素晴らしいことだが、息子の前でそれはどうかと思う。

俺の生温い視線に気付いた父は、コホンと咳《せき》をして続ける。

「国民の手前、王は正道でなくてはならない。そうやって正義を語ることも必要だろう。だが表があるのならば、必ず裏も存在する。我が王家とて暗い部分をコントロールして生き抜いてきたのだ。あの聖女が正妃になったとして、彼女にそれが務まると思うのか?」

「ぐっ……しかし、俺は愛菜を心から愛して」

「ライナルト、お前は次期国王なのだぞ。そのような感情に任せて好き勝手に婚約を破棄できると考えていたのなら、勘違いも甚だしい。お前のしようとしたことは王家のみならず、ヴェンデル侯爵家やクラインネルト公爵家にも泥を塗る行為だ」

「聖女が気に入ったのなら、愛妾にでもすればよかったのよ。カサンドラの方がよほど立場をわきまえているわ。あの娘とライナルト、どちらが王族に相応しいのでしょうね？」

言い返すことができず、俺は唇を噛みしめた。

正妃様の仰ることは正しいのだろう。自分の行動が王太子として間違っていると、薄々は分かっていた。だけど俺は愛菜を囲い者になんてしたくなかったんだ。男なら誰だって、愛する女性を守りたいだろう？

「今や貴族たちの心はお前から離れている。わしとしては、王太子をアルフォンスにすべきだと思っているのだがな」

「えっ……」

その言葉に、今まで考えていたことが全て吹っ飛んだ。弟が王太子に？　そんな馬鹿な。

王太子に相応しい人間であるために、今までずっと努力してきたのに。屈辱に耐え、愛菜のことを諦めたのに？

「そこまで考えていなかったという顔ね。今やアルフォンスの求心力は貴方を凌《しの》ぐ勢いよ。ヴェンデル侯爵家はなんとか繋ぎ止められたけど、それだって情勢次第では分からないわ」

言われてようやく思い至る。貴族たちから冷たい視線を浴びても、俺はずっと愛菜のことを第一に考えていた。それを彼らがどう捉えるかも気付かずに。

俺の祖父であるクラインネルト公爵は変わらずに俺を推すだろうが、もしヴェンデル侯爵に見放されたら……？　貴族たちが一気にアルフォンス側へ傾くことは、容易に想像できる。

王太子という重圧。子供の頃からずっと、煩《わずら》わしいと思っていたそれが失われるかもしれない。足下が崩れていくような感覚に陥り、膝ががくがくと震える。

「カサンドラが貴方を守ったのよ。私はアルフォンスとの婚約を勧めたのですけれどね。彼女が側近たちの排除と引き替えに、貴方の廃太子を防いだの。彼女へ感謝することね」

「ライナルト。今のお前は、首の皮一枚で繋がっているだけだということを忘れるな。今後の振る舞いには細心の注意を払え。見込みがないと判断したら、カサンドラが何を言おうともわしはお前を廃嫡にする」


「カサンドラ。俺がお前を愛することはない」

結婚式の前日、俺は彼女を呼び出してそう告げた。

あの時の俺は、カサンドラに守られていたという事実にひどく腹を立てていた。我が儘な子供の八つ当たりのようなものだ。本来ならば、彼女に這《は》いつくばって感謝すべきだったろうに。

カサンドラが俺に惚《ほ》れているという優越感もあった。必死で俺の立場を守ったのも、愛菜を陥れたのも全ては俺を愛するゆえだと。

だからあんなにひどい言葉をぶつけられたのだ。結局は全てカサンドラの思い通りになったのだから、少しくらい意趣返しをしても構わないだろう。彼女の悲しむ顔を見れば溜飲《りゅういん》が下がる。そんな浅はかな考え。

だけど帰ってきた言葉は「愛しておりませんわ」だった。

最初は意地を張っているだけだと思った。けれど彼女と向き合って、目を合わせて……気付いたのだ。

その瞳には、暑苦しいくらい俺に向けていた熱がなかった。幼い頃より長く共に過ごしてきたからこそ分かる。彼女はもう、俺に恋をしていない。

「殿下。レブナント地方への視察は時期尚早かと」

「なぜだ。ニケネデの栽培《さいばい》を試験的に試すべきだと上奏してきたのはお前だろう」

「他にも候補地域はあります」

「それぞれの調査報告は見た。レブナントは王都から馬で数日の距離だ。しかも水はけのいい土壌が栽培に適している。それ以上条件を満たす土地はないだろう。早々に着手すべきだ」

「土地だけあっても、人がいなければ畑作《はたさく》は行えません。街を作る土地の選別、道路の整備、物資の流通……それらを全て揃えられる環境かどうか。その選定も必要です」

「しかし、そう言っているうちにまた災害が起きたらどうする？　食料難に苦しむのは国民だ」

「ある程度の備蓄はございます。急《せ》いて事を仕損じれば、却って国庫に損害を与えることになりますよ」

側近のカールが眉一つ動かさずに答えた。彼の言っていることは尤もで、俺は「むむ……」と黙るしかない。

彼はバッツドルフ伯爵家の次男で俺より3歳上。仕事はかなりできる奴なのだが、主君である俺に対しても、こうやってずばずばと指摘を入れてくるところが小憎らしい。

アレクシスたちが解雇されたあと、俺の側近はヴェンデル侯爵家の派閥の者で固められた。

俺の仕事といえば彼らから上がってきた書類を確認し、彼らの言う通りに動くだけだ。

当初はそれに癇癪《かんしゃく》を起こし、側近を怒鳴りつけたこともある。そうしたらすぐにカサンドラがやってきて、「貴方が問題なく執務を行えるように、適した量、適したレベルの仕事を選定するのが彼らの仕事です。部下の献身を汲んでやることも主君の務めですわよ」と窘められた。

おそらく俺の執務室での行動は、逐一《ちくいち》カサンドラへ報告されているのだろう。王太子などと名ばかりの、籠の鳥だ。

分かってはいるのだ。貴族たちの俺に対する評価は地に堕《お》ちている。それを払拭《ふっしょく》するため、カサンドラは身を削って働いている。彼女の執務量は俺よりはるかに多い。俺のせいで妻に負担をかけている……。我ながら、なんと情けないことか。

「施療院の状況はどうなっている？」

「入院患者数は二桁《ふたけた》になっております」

「そろそろ閉めてもいい頃か」

「そうですね。王都内の医師に患者の受け入れを要請します」

あれほど流行していた疫病はすっかりなりを潜《ひそ》め、カシハイム王国は以前のような活気を取り戻した。

聖女については今や誰も口に出さない。あれは王家の失策だった。誰もが内心ではそう思っているだろう。

愛菜はといえば、庭師の男と駆け落ちして行方不明になっているらしい。それを聞いてもなんとも思わなかった。

不思議なものだ。あれほど執着していたはずなのに、憑《つ》き物でも落ちたかのように心から消え失せた。今ならばカサンドラの豹変にも納得がいく。きっと、彼女の中から俺への執着がすっぽりと抜け落ちたのだろう。俺と同じように。

俺は横の机で書きものをしているローラントへ視線を向けた。こいつも愛菜に惚れていたはずだ。彼にも葛藤《かっとう》はあったのだろうか。

「ローラント」

「はい。なんでしょう、殿下」

「バーバラ嬢とは仲良くやっているのか」

バーバラ・クリーヴズ伯爵令嬢はローラントの婚約者だ。婚約解消の危機もあったようだが、ローラントがこれまでのことを謝罪し、なんとか乗り切ったらしい。

「まあ、はい。頭は上がらなくなりましたが」

「はは。仲が良くて結構なことだ」

「殿下だってカサンドラ様と仲睦《なかむつ》まじいじゃないですか」

もう1人の側近、ハンネス・シュトルムが口を挟んだ。この男は優秀だが少々おちゃらけたところがあり、少しだけアレクシスを思い起こさせる。他は黙々と仕事をする者ばかりなため、執務室ではムードメーカー的存在だ。

「カサンドラ様はライナルト殿下に首ったけなんでしょ？　筆頭侯爵家のご令嬢、しかもあんな美人に愛されるなんて。羨《うらや》ましいですよ」

「……ああ」

表向きはそういうことになっている。

人目のある場所では仲良く振る舞う。それは2人で交わした約束だ。王太子夫妻が不仲などという噂が立てば、そこへ付け入る輩《やから》が必ず出てくるだろう。そう言われれば、俺は頷くしかなかった。

それに表向きの場だけであっても、カサンドラに優しげな瞳を向けられるのは嬉しい。もしかすると妻は、また俺を愛してくれたのでは……？　などと甘い夢想に浸ってしまう。

夫婦生活は、勿論ある。カサンドラが嫡男を産むことを望んでいるからだ。

しかしどんなに一生懸命その身体へ快楽を与え、熱い夜を過ごしたと思っても。彼女はことが終わればそそくさと自室へ帰っていく。そのたびに、俺の独りよがりに過ぎないという事実に打ちのめされるのだ。

彼女は文句のつけようのない淑女だ。教養も礼儀作法も、知略も人望もある。それは俺の傍に在るために、王妃となるために彼女が努力してきた結果。

俺だけを見つめる愛は、すぐ傍にあったのに。俺自身がそれを手放してしまった。

愛する者へ伸ばした手を振り払われる。それがこんなにも辛いものだなんて知らなかった。

俺は10年以上、こんな苦しみをカサンドラへ与え続けていたのだ。

結局のところ、俺はカサンドラに甘えていたのだ。尽くされるのが当たり前だと、何をしても彼女は俺を愛してくれると思い込んでいた。

「殿下。仕立て師が参っておりますが」

「ああ、衣装合わせだったな。すぐに行く」

来月の式典に合わせ、お抱え仕立て師に新しい礼服を作らせていたのだ。カテロワ花の模様を織り込んだもので、カサンドラのドレスにも同じ意匠《いしょう》を入れている。これも、俺たちの仲睦まじい様子を知らしめるためにと彼女が発案したものだ。

——どうあれ、彼女は俺の妻なのだ。カサンドラが他の、俺以外の男のモノになることはない。たったそれだけの、か細いよすが。だが俺は、それに縋らずにはいられない。

君が望むなら籠の鳥になろう。君の言う通りの国王にもなろう。

そうすれば……いつの日かまた、君は俺を愛してくれるだろうか。

◆◇◆◇◆

「それで？　お嬢さんがうちになんの用だい？」

革張《かわば》りの椅子に座った中年女が偉そうにふんぞり返り、胡乱《うろん》な目付きで私を睨んだ。仕立てのよい服を着てはいるけれど、やたらに肩の開いたデザインは痩せぎすの彼女に似合っていない。

「ギレッセン様のご紹介だっていうから通したけど、本来ここはお嬢さんが来るようなところじゃないよ。よほど特別な趣味を持ってるってんなら話は別だけどね」

ここは王都でも最高級と言われる娼館《しょうかん》だ。高位貴族や王族クラスが利用することもあるらしい。

娼館や娼婦の存在については、別になんとも思わない。

誰だって人に言えないような性癖のひとつふたつは持っているでしょう。妻や恋人にぶつけられるようなモノならいいけれど、そうではないのなら風俗《ふうぞく》で発散してくれた方がいいんじゃない？

ま、それで家庭円満になるかどうかは知らないけど。

もしかして、ライナルトも来たことがあるのかしら？　清廉潔白《せいれんけっぱく》を謳《うた》っている彼のことだから、娼館通いはしないだろうけど……閨《ねや》教育を受けに来た可能性はあるわね。

娼館主は私をひと目で貴族の、しかもかなり良い家の娘と見抜いたようだ。その割に口調はぞんざいだけども。

顧客の後ろ暗い欲望を知り尽くしている彼女には、高位貴族といえど頭が上がらない者も多いと聞いている。小娘の1人くらい、軽くあしらえると思っているのかもしれない。

「別に特殊な性癖は持ってないわ。用があるのは〝聖女様〟よ。いるんでしょう？」

「ふうん。そっちの趣味持ちってことか。だけどあの娘はこの館で一番高い娼婦だ。金は持ってるんだろうね？　お嬢さんの小遣《こづか》い程度じゃあ賄《まかな》えないと思うがね。よければ他の娼婦を紹介するよ。うちにはそっちが得意な女もいるからね」

同性愛者と勘違いされたらしい。あいにくと、マイノリティな性癖は持ってないわ。

「違うわ。あの娘を身請《みう》けしたいのよ」

娼館主は一瞬目を見開いたあと、ふんっと鼻を鳴らした。

「冗談じゃない。あの娘はこの館一番の目玉なんだよ。どんだけ金を積んだってダメさね。帰っとくれ」

「一番の目玉、ねぇ。最近はそうでもないんでしょう？」

愛菜がアランと駆け落ちしたあとも、その動向は暗部に見張らせていた。

幸せそうだったのは最初だけ。駆け落ちしたアランは紹介状がないため庭師の仕事が見つからず、あっという間に生活は困窮した。不本意ながらもアランは日雇いの仕事をしていたらしい。

しかも愛菜は家事がほとんどできなかった。多少家事に覚えがあったとしても、ここには現代と違って家電もなく、水だって井戸しかない。王宮や子爵家にいた時はメイドが全部やってくれたから、生活するということがどれだけ大変か、彼女は分かっていなかったのだろう。アランからすれば、慣れない仕事に疲労困憊《こんぱい》で家に帰れば、なぁんにもできない女がのほほんと待っているんだもの。そりゃあ苛つくわよね。

2人は喧嘩ばかりするようになり、アランは暴力を振るい始めた。殴られて泣きわめく愛菜に愛想が尽きたのだろう。ついに彼は愛菜を娼館に売り飛ばして去ったそうだ。

あまりにも予想通りで笑うしかないわ。

愛菜を買った娼館主は、金に糸目をつけない貴族や裕福な商人の相手をさせた。何せ元聖女で、王太子の寵愛を受けていた娘だ。助平野郎どもがわんさか押し寄せたらしい。中にはかなり手荒なことをする輩もいたとか。

最初は泣き叫んで嫌がっていた愛菜は、諦めたのか徐々に大人しくなった。……いや、大人しくなりすぎた。

感情を出さなくなり、何を言われても「はい」としか言わないようになってしまったのだ。そりゃそうなるでしょとしか思わないわ。あの精神《メンタル》の弱い娘が、そんな状況に耐えられるわけがないもの。

「人形を抱いてるようでつまらない」と、最近では客が離れつつあるらしい。

「今の聖女様が、この娼館の稼ぎ頭になれるとは思えないわ。収支がマイナスにならないうちに、売ってしまった方が賢明ではなくて？」

忌々《いまいま》しそうに舌打ちした娼館主の前に、バニーが金貨の詰まった袋を置いた。

「こんなもんじゃ足りないね」

「あら？　彼女にかけた経費を考えれば、十分お釣りが来ると思うけれど？　ならばあと金貨10枚を足すわ」

「追加で金貨50枚だ」

「交渉決裂ね。帰りますわ」

立ち上がろうとした私を見て慌てたのだろう。娼館主が「わ、分かった。金貨20枚でどうだい！」と叫んだ。

「そのくらいで手を打った方がよさそうね。バニー、金貨を足して頂戴」

「はい」

バニーが追加の金貨を支払い、交渉は成立した。

別にお金がないわけじゃないんだけどね。娼館主如きに舐められるのも癪だし、足下を見られてボッたくられるのはもっと嫌いなの。

「お久しぶりね、愛菜様」

「……カサンドラ様？」

私の元へ連れてこられた愛菜は一瞬反応したものの、すぐに感情を消した。

死んだ魚のような、光のない瞳。身体にはフリルのついた可愛らしくも煽情《せんじょう》的な服を纏っているのに。その乖離《ギャップ》がひどく痛々しい。

愉悦が背筋を走り、ゾクゾクするほどの快感を覚える。声が出そうになり、私は必死で自らを抑えた。

そう、この表情が見たかったのよ。

愛した男に裏切られ、見知らぬ男たちに蹂躙《じゅうりん》され尽くして……。さぞこの世の全てに絶望したのでしょう？

聖女様。今の貴方は最高に滑稽で――最高に美しいわ。


「何も、お嬢様自らあのようなところに行かれなくても」

王宮へ戻った途端、バニーが苦言を呈してきた。

暗部に面倒をかけてしまったのは事実だ。

娼館一帯に認識阻害《そがい》の結界を張らせて、かつ人払いもさせた。王太子妃が娼館に出入りしてるなんて噂を立てられるわけにはいかないもの。

「分かっているわ。だけど、どうしても私自身の目で見たかったのよ」

あの甘ったれた聖女を絶望へと至るまで堕とした屈辱。それが行われた場所を見たかった。我ながら野次馬《やじうま》根性だとは思う。

「愛菜は今どうしている？」

「お言いつけ通り、ヴェンデル邸の離れで休養させております。ほとんど寝ている状態のようで」

娼館から連れ帰ったあとも、愛菜は無反応のまま。侍女にはとにかく懇切丁寧《こんせつていねい》に世話をするよう言いつけて、私自身も暇を見つけては彼女の元を訪れた。そうこうするうちに少しずつ少しずつ感情が戻ってきたのだろう。私がいつものように学院での思い出や、ライナルトたちの話をしたところ……突然彼女が泣き始めた。

「あの頃に戻りたい……。なんで私、駆け落ちなんてしちゃったんだろう……。アランは私を置いていったの。何度も名前を呼んだのに、振り向きもしなかった。あそこではたくさん客を取らされた。嫌だって言ったのに、いっぱいひどいことされて……」

「辛かったわね、愛菜様。これからは私が守ってあげるから安心して。もう二度と、男になんて会わなくて済むところに行きましょう」

「うわぁぁん」

愛菜は私へ抱きついて泣き続けた。同情している風を装いながら彼女の背中を撫でたけれど、なかなか離してくれないものだから困ってしまったわ。


平民となったハインツは浮浪者になった挙句、病気で死んだ。

アレクシスは辺境騎士団でこき使われて疲弊《ひへい》している。

ルドルフはミオカールで酒浸りらしい。

これで私の復讐《ふくしゅう》は全て終わった。

愛菜には十分に楽しませてもらったし。このあとは女子修道院で静かに暮らしてもらいましょう。

そこならば、もう彼女へよからぬ視線を向ける男はいない。私の目の届くところに置いておけば、今後役に立つことがあるかもしれないしね。彼女の聖女力だけは本物なのだから。

「そういえば、アランはどうしてるのかしら」

「娼館主から受け取った金は賭場《とば》で使い尽くして、今はまた日雇いの仕事をしているそうです」

あらあら。絵に描いたような身の持ち崩しっぷりだわね。

「どうせ、日雇いで稼いだ金も賭けに消えてるんでしょう」

「ご明察で」

「分かるわよ、そのくらい。……そんな屑が1人消えたところで、なんの支障もないわね」
「はっ。仰せの通りに」

数日後、ロアーネ川に男の遺体が上がった。身分を示すものは持っておらず、質素な身なりから平民だろうということしか分からない。最終的に身元不明ということで、死んだ浮浪者が放り込まれる墓に入れられたそうだ。

番外編2　覆面の騎手

闘技場《とうぎじょう》の入り口から次々と姿を現す馬と騎手に、観客たちの大歓声が響き渡る。

今日は3年に一度開かれる馬術大会だ。貴族平民問わず参加できるため、毎回腕に覚えのある騎手が多数参加するらしい。王都では大人気の催事《さいじ》である。

上位入賞者には賞金が出るが、参加者の目的はお金より名誉だ。馬術大会で優勝するということは、この国一番の乗り手だと知らしめること。貴族ならば箔《はく》が付くし、平民ならば各領主から騎馬隊への勧誘《かんゆう》が来る。以前優勝した下位貴族出身の騎士が、王宮仕えを認められたのは有名な話だ。

今日だけは観覧料が無料であるためか、観客席は満員だった。男性だけではなく女性の姿も多い。馬に興味があるというより、お祭り騒ぎに参加したいだけだと思うわ。

闘技場はすり鉢状の形をしており、下段は平民向け、上段は貴族向けの席となっている。クッションのついた椅子が並べられた貴族席と違って、平民向けの席は石を並べただけだ。そして一番高い段にあるのが、豪奢な椅子とサイドテーブルに天幕まで設えた王族専用席。私はアルフォンス王子と共にそこへ座って、飲み物を傾けつつ競技を見物しているところである。

この大会は王家主催なので、必ず1人以上の王族が観覧しなければならない。今日はライナルトと2人で参加するはずだったのに、直前になって彼が急用でキャンセルしたため義弟が代わりに来てくれたのだ。

なんでもライナルトが担当していたセーヴィ地方の農地改革の件で、重大な問題が発生したらしい。

私が対応しましょうかと提案したが、「この件は俺がなんとかする。俺の代わりはアルフォンスに頼んだ。申し訳ないが、カサンドラは予定通り馬術大会に行ってくれ」と言って、夫は慌ただしく去っていった。

おかしいわね。私には何も報告が上がってきてないのに。

ライナルトの執務については、彼の側近から逐一私へ報告させている。もし夫の対応にまずいところがあれば、即刻私が出向けるようにするためだ。側近たちは父と私が厳選した優秀な者ばかりだから、大きな問題は起きないとは思うのだけれど。

考えごとに耽《ふけ》っていた私の耳に観客たちの騒ぐ声が届き、慌てて我に返った。

上位争いをしていた騎手の1人が落馬したらしい。医療班が簡易な治癒魔法をかけ、担架《たんか》に乗せて彼を運んでいく。担架上で医師と会話している様子だったから、命に別状はないようだ。

私はアルフォンス殿下と目を見合わせ、互いに安堵《あんど》の溜め息を吐いた。危険を伴う競技とはいえ、人死にが出たら主催である王家の責任問題になりかねない。

さらに今は、オグルネス国から使節団が訪れている微妙な時期なのだ。オグルネスはこのカシハイム王国のみならず、周辺国の上位に立つ大国である。だから細心の注意を払って使節団をもてなしている最中なのだ。

こんな大事な時に、王家がトラブルを起こすわけにはいかないのよ。

馬と騎手が場外へ運ばれたあと、審査員が競技の再開を発表し、馬と騎手が中断時の位置に配置される。熱狂を抑えきれない人々が見守る中、開始の合図と共に馬たちが走り出した。

この競技は闘技場を3周し、ゴールへの到着順で順位が決まるという単純なものだ。トップ争いをしていた集団が徐々に崩れていき、3周目へ入る頃には2馬の独走状態となった。

「見ろよ。2人とも覆面《ふくめん》だぜ」

「面白ぇ。白騎士と黒騎士ってか？」

艶々とした毛並みの白馬と、無骨《ぶこつ》だが逞しい足を持つ黒馬。それらを駆る騎手はどちらも覆面で顔を隠している。傍から見ると異様な光景だ。

覆面騎手の参加は珍しいことではない。高位貴族や王族が名を伏せて参加し、最後に正体を明かすのはこの大会では恒例だ。要は盛り上げ役よね。

前回は近衛騎士隊長が覆面騎手として参加していたっけ。彼は見目も良くて令嬢に人気のある騎士だったから、覆面を取った際は女性たちの黄色い声で地面が割れるかと思ったわ。

今回も近衛隊長かしら？　それとも、騎士の誰か……あるいは腕に覚えのある、どこぞの貴族令息かもしれないわね。

2匹の馬は互いに競《せ》り合いながら疾走《しっそう》していく。そして――ほぼ同時にゴールへと飛び込んだ。

「どっちだ？」「白だ！」「いや、黒だ！」

わあわあと騒ぐ声を背に登場した審査員が同着を告げたところ、平民席から一斉にブーイングが上がった。彼らは大会の裏でどの馬が勝つか、賭け事をしていたのだ。そりゃあ文句をつけたくもなるだろう。ちなみに賭けについては王家も把握していたが、法に触れるわけではないので黙認している。

眉を顰めた私に、「義姉上《あね》にはお目汚しでしょう。騒ぎを止めさせましょうか」とアルフォンス殿下が問いかけた。気遣いのできる男ね。兄弟なのにチョロ王子とは大違いだわ。

「いえ、それには及びませんわ。同率首位では消化不良だという彼らの気持ちも、分からなくはありませんし」

「そうですね。ここは再戦ということで如何でしょう」

「異論ありませんわ」

アルフォンス殿下の指示を受けた審査員から、改めて首位の2人による再戦を行う旨《むね》が発表された。観客たちは大喜びだ。

休憩時間を挟んだあと、改めて2人の覆面騎手と馬が闘技場に現れる。ワクワクしながら待つ観客を前に、突如として白い騎手が覆面を取った。そこから現れる艶やかな金髪に整った顔。あれは……。

「ライナルト様⁉」

私は驚きのあまり、はしたなくも大声で叫んでしまった。

チョロ王子、アンタそこで何してんの⁉

何やら視線を感じて横を見ると、アルフォンス殿下がにこにこと微笑んでいた。さては、知っていたわね？

大体の事情は察した。セーヴィ領でのトラブルは、この大会に出るための出まかせ。アルフォンス殿下と側近もグルね。道理で急な代理にもすんなり対応できたわけだ。

悪事を働いたわけでもなし、責めるほどのことでもないけれど……。私の知らないところで事が運ばれていたなんて、してやられたようで腹が立つわ。

「公正な勝負を行うため、先の競走では敢《あ》えて覆面を被っていた。だがもはや隠す必要もあるまい」

ライナルトの声が闘技場に響いた。多分、魔法拡声器が近くにあるわね。

「そして……俺はこの勝利を我が愛する妻、カサンドラに捧《ささ》げる‼」

王族席の方を向いて高らかに宣言したライナルトに、大歓声と拍手が上がった。

周囲の視線が一斉に私へと集まる。仕方がないので「まあ。ライナルト様ったら、このような場で……恥ずかしいわ」と頬を赤らめてみせた。アルフォンス殿下や側近たちの温かい……というより生温い視線がいたたまれない。

男のサプライズプレゼントほどタチの悪いモノはないわね。

「まさか白いのが王太子殿下だったとは！」

「じゃあ黒い方も王族か？　もしやアルフォンス殿下では？」

「いえ、アルフォンス殿下は王族席にいらっしゃるわよ」

そんなざわめきが聞こえたのか……黒い覆面の騎手の方もするっと覆面を外して素顔を晒した。さらりと流れる銀の髪に切れ長の瞳。その美しさに女性客からほうっという溜め息が漏れる。

「あれは誰だ？」「随分な美形じゃありませんこと？」と観客席が沸《わ》き立つ一方で、我々王族席は騒然となっていた。

「ヴィンフリート殿下⁉　なぜこのような場に……！」

オルグネス王国第二王子ヴィンフリート。現在我が国を訪問中であるオルグネス使節団の長であり、最重要人物だ。アルフォンス殿下たちの慌てようから察するに、ヴィンフリート殿下の参加は彼らにも知らされていなかったようだ。

「私はオルグネス国の第二王子、ヴィンフリートと申します。この国で面白い大会が開かれると耳にしましてね。馬術には少々覚えがあるので、こうして参加させていただいた次第です」

ヴィンフリート殿下は王族席へ向かって一礼し、朗々と響く声で演説し始めた。その様子を眺める令嬢たちはぎらぎらと目を光らせており、こちらまで熱気が伝わってきそうだ。

他国の王子、しかもあれだけの美形ですものね。令嬢が目の色を変えるのも頷けるわ。

美形王子2人の勝負とあって、観客たちは大盛り上がり。

私はといえば、それどころではなかった。アルフォンス殿下も、ついでに側近たちも頭を抱えている。もしこの勝負でヴィンフリート殿下が怪我でもしたら、国家間の問題になりかねないのだもの。

ライナルトも厄介だと思ってたけど……あの王子のサプライズの方がもっと厄介だわ。

「完敗です。まさかヴィンフリート殿下がここまで馬術に長けておられるとは」

「ライナルト殿下こそ、かなりの腕前ですよ。追い抜かれないかと内心冷や冷やしました」

馬から降りた2人の王子は握手をし、互いに健闘を称え合っている。

再戦で勝負を制したのはヴィンフリート殿下だった。2周目までは抜きつ抜かれつしていたけれど、3周目になってライナルトは一気に引き離されてしまったのだ。

ヴィンフリート殿下の言葉は社交辞令に過ぎない。誰がどう見ても、彼の圧勝だったもの。

ライナルトは笑っているけれど、内心では地団駄を踏んでいるでしょうね。あれだけ派手に宣言しておいて、満座の中で敗北したんだもの。

ダサっ。

これだからお前はチョロ王子だって言うのよ。

事前に審査員を買収するなり、他の騎手へ妨害工作をするなりしなさいな。王族なんだから、勝つためにそのくらいできないでどうするの。


優勝者を称えるため、私とアルフォンス殿下は闘技場へと降り立った。王子が3人と王太子妃まで揃っているのだから、警備の騎士はピリピリしている。彼らも想定外の事態でしょう。表彰は早めに終わらせるべきね、これは。

「大変良い走りでしたね、ヴィンフリート殿下」

「素晴らしい競技でしたわ。殿下、優勝者には褒美《ほうび》が与えられます。何かお望みはございますか？」

「ありがとうございます、アルフォンス殿下、カサンドラ殿下。では……私もライナルト殿下に倣《なら》い、この勝利と愛を美しい王太子妃へ捧げることをお許し下さい」

ええ……何言ってんのこの男……。

会場中の女性の視線が私へ突き刺さってるじゃない。どうしてくれるのよ！

とはいえ優勝者の望みである以上、否と言うわけにもいかない。私は「許しますわ」と右手を彼へ差し出す。

跪《ひざまず》いたヴィンフリート殿下はうやうやしく私の手を取り、甲にそっと口づけをした。


その日の夜、オルグネス使節団の面々を招いた夜会が開かれた。我々王族の他、主な高位貴族の当主夫妻やその家族も招かれている。国王陛下と王妃様は出席者から挨拶を受けるため壇上から動かないので、私とライナルトは会場を回りながら参加者と会話を交わしていた。

オルグネスの外交官やその夫人の周りには貴族たちが群がっている。皆、大国オルグネスと繋がりを持ちたくて必死なのだろう。話題の中心は当然、ヴィンフリート殿下である。

「いやぁ、本日の勝負は手に汗を握りました。楽しませていただきましたよ」

「まさか王子殿下が参加なさっているとは思いませんでしたわ」

「ヴィンフリート殿下の素晴らしい手綱《たづな》さばきには私、目が離せませんでしたわ」

「ありがとう。美しいご夫人の目を惹きつけられたとは光栄だね」

「まあっ……」

ウィンクをしながら答えるヴィンフリート殿下に、女性たちが顔を赤らめる。

この男が何を考えているのか、全く読めない。馬術大会で行った一連の行為は、同盟国の王太子であるライナルトに喧嘩を売ったと捉えられてもおかしくはないのだ。

そこまで考えていなかったのであればただの愚か者だけれど、敢えてやったのだとしたら……？

「おや、ライナルト殿下、カサンドラ殿下」

私と夫が傍まで来ているのに気付いた貴族たちが、さっとその場を空けて頭を下げる。ライナルトは「そのままで」と手で合図し、ヴィンフリート殿下へ向き直った。

「今日は本当に驚かされました。主催者にも殿下の名は伏せられていたそうですね」

「はは、申し訳ない。幼い頃からこれだけは自信がありまして。馬術大会と聞いてはじっとしていられなかったのです。側近には怒られましたが」

ライナルトの言葉には少し棘がある。出場を黙っていたことについてはオルグネス側から謝罪があった。当人にも今後勝手なことをするな、と釘《くぎ》を刺したかったのだろう。

「お二人は昨年ご結婚されたのでしたね。あのような場で愛を告げるとは、なんとも情熱的だ。せっかくの晴れの場を奪ってしまい、申し訳ありません」

「ははは……。全くしてやられましたね、殿下には」

釘を刺すどころか再度恥を晒され、ライナルトは微妙な表情になった。

ああ、もう。完全に会話の主導権を握られてるじゃない。しかも感情を表に出しちゃってるし……みっともないったら。

ここは話題を逸《そ》らすしかないわ。

「ヴィンフリート殿下には、婚約者はいらっしゃいませんの？」

「ええ、今のところは。ずっと国外にいたもので。今、候補を選定中です」

それを聞いた令嬢たちの目の色が変わった。我々を囲んでじりじりと距離を詰めてくる迫力たるや、獰猛《どうもう》な獣のようだ。

「私たちは行きましょう」

「ああ、そうだな。殿下、また後ほど」

一矢報《いっしむく》いることができたようだし、ここは立ち去った方が賢明ね。せいぜい、群がってくる女豹《めひょう》たちの相手をするといいわ。

夜会も終盤になり参加者がまばらになる頃を見計らって、私はお花摘みのため会場を抜けた。ついでにベランダでほんの少しだけ、休憩を取らせてもらおう。立ちっぱなし会話しっぱなしで疲れたもの。

「おや、カサンドラ殿下」

夜風に当たってひと息吐いているところに現れたのは……またしてもヴィンフリート殿下だった。後ろには護衛らしき騎士を2人従えている。

「あら。ご令嬢たちとのお話はお済みになりまして？」

「ええ、なんとか。積極的な女性ばかりですね、この国は」

「それは相手が魅力的な男性の場合に限りますわ」

金銭的にも身分的にも、ね。

「ということは、カサンドラ殿下も俺を魅力的な男だと思っていただけているのでしょうか？」

殿下がついと私の傍に身体を寄せ、囁くように語りかける。

この雰囲気……もしや私を口説こうとしてる？

正気かしら。私は王太子妃よ？

「少し距離が近すぎるのではございませんこと？」

私はにこやかな表情を崩さず、閉じたままの扇を突きつけた。これ以上近寄るな、と示したのだ。だが彼は構わずにずいずいと距離を詰めてくる。

「それ以上はおやめ下さいませ。私は人妻で、しかも王太子妃ですわよ」

「愛人を持つ貴族王族など、いくらでもいるでしょう？」

蕩《とろ》けるような光を湛えた切れ長の瞳が私を捉えた。さらりと垂れた前髪が、彼の色気をさらに際立たせている。フェロモンが匂ってきそう。

並の女なら、腰砕けになるかもしれないわね。

ところがどっこい。玲子《わたし》は美形《イケメン》なんぞ見慣れてるのよ。そんじょそこらの牝《めす》と一緒にしないで頂戴。

とはいえ、この状況は流石にまずい。

この場には私の護衛もいるから、無体を働くようなことはしないだろうけど。

こんな風に身体を近づけているところを他の者に見られでもしたら……。たとえ何もなくとも、噂が噂を呼ぶのが社交界。私は結婚してすぐに愛人を作るふしだらな妃と悪評を立てられるかもしれない。

もしかして、それが目的なのかしら？

「貴方のお国でどうかは存じませんが、王子の妃が愛人を作るなどあり得ませんわ。発言には気をつけられた方がよろしくてよ」

「俺は、自分の心には正直に生きると決めているのです」

「ほほほ、ご冗談がお得意ですこと」

笑ってかわしながらも、私は内心の苛つきを隠しきれなかった。

嘘言わないで。そんな冷静な目をしているお前の、どこが正直だというの。

「ふふ、淑女の仮面が外れそうですよ。貴方の本当の顔を、もっと俺に見せて欲しい」

「何を言われようが、私の答えは変わりません」

「意地を張っていられるのも今のうちだ。いずれ貴方は、俺に堕ちるのだから」


「カサンドラ！」

私を呼ぶ声と共に、ライナルトがずかずかとベランダに入ってきた。夫は私とヴィンフリートの間に割り込んで彼を睨みつける。

「花摘みにしては遅いと思って様子を見に来たのだ。殿下、私の妻に何をしているのです？」

「これは失礼。少し飲みすぎましてね。酔いが醒めるまで、カサンドラ殿下に付き合っていただいていたのです」

よく回る口だこと。とっさにぺらぺらと虚言《きょげん》を述べるヴィンフリート殿下に、ちょっとだけ感心してしまう。

「殿下はだいぶ酔っておられるようですわ」

「では、医務室へ」

「いや、それには及びません。部屋に戻って休むことにしますよ」


「ヴィンフリート殿下と何を話していたんだ⁉」

夜会が終わり、私室へ戻ったところで私はライナルトに詰められた。

「酔っぱらいの会話に付き合っていただけです」

「本当か？　そんな風には見えなかったが」

「まあ、少々悪酔いなさっていたようですけれど。少し絡まれた程度ですわ」

「ならばすぐに俺か側近を呼べばいいだろう！　端から見れば、触れ合っていたように見えなくもなかった。どんな誤解を受けるか分からないぞ」

全くその通りである。私としたことが、ライナルトにとっちめられるようなミスを犯すなんて。屈辱この上ないわ。

「申し訳ありません。考えが足りませんでしたわ」

「分かればいい。以後は2人きりにならないように」

「畏まりました」

ぷりぷりと怒るライナルトへ頭を下げながら、私の思考はヴィンフリート殿下のことへと飛んでいた。

オルグネスに潜り込ませている諜報員によれば、近年国王陛下の体調が思わしくないため、水面下で跡継ぎ争いが起きているらしい。現状、第一王子エトヴィン殿下か第一王女アレクシア殿下が最有力候補と言われている。

かの国は王女にも継承権があるためだが、やはり男性のエトヴィン殿下の方が支持を集めているようだ。

この時期にわざわざ使節団を寄越した思惑は、おそらくカシハイム王をどちらかの派閥に加わらせるためだろう。我が国は大国オルグネスから見れば、取るに足らない小国のはず。つまりはそれだけ切羽詰《せっぱつ》まっているということだ。

跡継ぎ争いにおいて、ヴィンフリート殿下の名は挙がっていない。彼の母親は側妃で、しかも身分が低いため候補から外されている。当人はあの通り飄々《ひょうひょう》としていて勢力争いには興味がない様子から、昼行灯《ひるあんどん》のような扱いを受けているらしい。

だけど、私はその情報を額面通りには受け取れなかった。

一見ふざけたあの態度の裏に、何かがある。そう私の勘が告げているのだ。

長兄と長姉が争っている間に漁夫《ぎょふ》の利を狙ってる可能性だってあるわ。

でも……だとしたら、わざわざライナルトを怒らせるような真似をする意図は何？

いつの間にか考え込んでいたらしい。気付くと、夫が私の顔をのぞき込んでいた。

「カサンドラ、何を考えている？　もしや、あの男のことか？」

「違いますわ。……いえ、関係なくもないですけれど。オルグネスの情勢について色々考えてしまいました」

「そうか。オルグネス王の体調が芳しくないのだったな」

あからさまにホッとしたような表情のライナルト。相変わらず分かりやすい。

ヴィンフリートに比べると、なんて扱いやすいのかしら。ある意味安心するわ。

「ええ。諜報員の数を増やした方がいいかもしれませんわ」

「陛下へ奏上するか？」

「まずはオスヴァルト宰相に相談した方がよいかと。彼の方でも情報を掴んでいるかもしれませんし」

「そうだな、明日話してみよう」

オルグネス本国への諜報員は当然増やすとして、ヴィンフリート殿下にはカンハイムにいる間、私の暗部をつけるとしましょう。かの国が何か問題を抱えているのなら、こちらにもつけ入る隙があるというもの。ヴィンフリート《あのおとこ》には、私を甘く見たことを後悔させてあげないとね。

「もう遅いですし、私はそろそろ休みますわ」

立ち去ろうとした私の腕をライナルトが掴む。そして彼はおずおずと「その。今夜、部屋に行っていいか？」と聞いてきた。

正直に言えば、今日は疲れているのでゆっくり休みたい。

だけど夫からの閨事《ねやごと》の誘いは、よほどの理由がない限り断らないことにしている。何せ互いに忙しい身。なかなか夜を共に過ごす時間がないのだ。

いいえ、別にヤりたいわけじゃないのよ？　正妃として跡継ぎだけは産まなければならないのだもの。ただそれだけ。

「何もしなくてもいい。一緒にいられれば、それで」

「分かりました」

「カサンドラ……」

ライナルトが両手で私の顔を包む。

その表情はひどく切羽詰まっていて、泣きそうにも見えた。

この国で王太子妃である私へ近づく男はいない。そもそもカサンドラ自身が、ライナルト以外の男には目もくれなかったのもあるけれど。

ライナルトにしてみれば、私が他の男に口説かれるなど思ってもみなかったのだろう。しかも相手は大国の王子で、自分と同等かそれ以上の美形。

それで不安になっているわけね。情けない男だこと。

「ねえ、ライナルト様。貴方は私が王子妃としての責務を忘れ、一時の情欲に溺れる女だと思ってらっしゃるの？」

「そんなことは思ってない。疑っているわけではないんだ。少し不安になっただけで。カサンドラ……愛してる」

ライナルトにぎゅうぎゅうと抱きしめられ、私は彼の胸へと顔を埋《うず》める。

お前はずっと、心ない態度をカサンドラへぶつけてきたでしょうに。玲子《わたし》の心にはひび一つ入りはしなかったけれど……私の中にいるカサンドラは、ずっと涙を流していたわ。

狂おしいほどの嫉妬。お前が今味わっているそれは、カサンドラが受けた艱苦《かんく》と同じものよ。

だから私はお前を愛さない。そうやっていつまでも、満たされぬ感情に苦しむといいわ。

烈女外伝

「自殺？」

秘書の桜井と本日の予定を確認していた私のところへ、伊藤部長がやってきたのは始業前のことだ。ノックもせずに社長室へ飛び込んできた様子から、よほどの緊急事態であろうことは察していたが、自殺という剣呑《けんのん》なワードに思わず眉を顰めてしまう。

伊藤部長の部下である藤田という若い男性社員が、数日無断欠勤をしており、携帯も繋がらない。そこで親族に連絡を取った。親族が彼のアパートを訪れたところ、遺書と遺体を発見したそうだ。

「検視《けんし》によれば、睡眠薬を多量に服用したことが原因だと……。睡眠薬の空箱《からばこ》がゴミ箱に残っていたそうです」

「自殺の原因は？」

「詳《くわ》しくはまだ。遺族によれば、遺書には取引先とのトラブルについて悩んでいると書かれていたそうです」

「……まずいわね」

私、片倉玲子の経営するKATAKURAプロダクションは芸能事務所だ。取引先というならスポンサー企業か、あるいは放送局か。どちらにしろ大企業だ。もし弊社《へいしゃ》の社員が問題行動を起こしていたとなれば信用問題になる。

「伊藤部長はすぐに詳細を調べて、逐一報告しなさい。あと関連部署の者には箝口令《かんこうれい》を。現場に出ている者には特に厳しく伝えなさい」

「はい」

「桜井、阿倍野《あべの》さんに連絡を」

「畏まりました」

慌ただしく去っていく彼らの背中を見ながら、私は舌打ちをした。

今は来年の春から始まるドラマの役取りに向けて、営業をかけているところなのだ。うちの若手女優がレギュラーメンバーに選ばれたとの報告をもらったばかり。

こんな時に社員が不祥事を起こしたら……。いえ、まだ彼が問題を起こしたのかどうかは分からないけれど、悪評が広まるだけで会社のイメージダウンに繋がる。せっかく取れた配役をキャンセルされるかもしれない。

「お世話になっております、片倉社長。何かありましたか？」

「うちの社員が自殺したの。なんらかのトラブルを抱えていたみたい」

「それはまた……お悔やみ申し上げます。では、いつもの対処でよろしいですか」

「ええ、頼んだわよ」

阿倍野氏はフリーランスのＩＴエンジニアだ。……というのは表向き。

彼はインターネット上でのトラブル対応を行うスペシャリストだ。ネットにおける炎上騒ぎの対応や監視を行っている業者は他にもいる。だが彼を雇っている理由はそれだけではない。ネットの掲示板やＳＮＳを使用した情報操作——例えば悪評をばら撒いて相手を貶めるといった、非合法なことを請け負ってもらっているのだ。

そのため阿倍野氏は我が社のお抱え業者として、年間契約で固定報酬を支払っている。

ちなみに普段の依頼はメールで行うが、今回のように急ぎの場合、あるいは法的にグレーな依頼の場合は電話で済ませる。彼を信頼していないわけではないが、下手な証拠は残したくないからだ。


伊藤部長から報告があったのは、その日の夕刻頃だった。

「藤田はケイトウ西テレビの長尾副局長からモラハラを受けていたようです」

長尾副局長なら私も面識がある。確かにかなり物言いがキツい男だ。

以前、藤田はタレントのブッキングトラブルを起こしたことがある。その際ぶつかった顧客の1つがケイトウ西テレビだった。当人は勿論、伊藤部長と私自らも出向いて謝罪を行い、その場は収まったはずだ。しかしその後、現場では藤田に対するモラハラが始まったらしい。

人格を否定するような罵倒は日常茶飯事《さはんじ》。新人タレントのプレゼンをするように言われて出向いたら、散々ケチをつけられた挙句追い返される。接待で多量の酒を飲まされ、ふらふらになった藤田の醜態を皆で嘲笑ったこともあるらしい。夜中でも即時メールを返すよう求められ、藤田はストレスと疲労でロクに眠れていなかったようだ。

彼から相談を受けた伊藤部長が、担当を変えようかと長尾へ相談したこともあるが、「藤田君は頑張ってくれてますよ。私としては、是非今後も彼に担当を続けて欲しい」とにこやかに返されたそうだ。

「副局長の態度にすっかり騙《だま》されてしまいました。私があの時点で、藤田の本意をきちんと汲み取れていたら……」

「貴方のせいではないわ。巡り合わせが悪かったのよ。色々と」

悔しそうに歯噛みする伊藤部長を宥める。

モラハラじみた行為をする人間はそれなりに存在する。そして腹立たしいことに、その手の人間は社会において高い評価を得ている場合が多い。

長尾も若くして副局長に上り詰めた男だ。上司が相手でも歯に衣着《きぬき》せぬ正論を述べる男として、社内でも評判だったらしい。相手の気持ちを忖度《そんたく》しない押しの強さは、仕事においては強みとなるのだろう。

押しの強さに関しては私も人のことは言えないしね。

モラハラというのは、そのコミュニティにおいて一番弱い者へと向けられる。家庭の場合は妻や幼い子供、会社であれば新人や一番仕事のできない者、あるいは気の弱い者。今回はそれが藤田だったということだ。

私は弱い人間にも、無能な人間にも興味はない。藤田の自殺は彼の弱さが招いたことだ。

阿倍野氏からの報告では、今回の件はネット上で噂になってはいないとのこと。SNSに該当する書き込みが1件だけあったが、すぐにデマだと打ち消しておいたそうだ。

おそらく現場社員の誰かが書き込んだのだろう。阿倍野氏はSNSの過去データから割り出した、書き込み主の個人情報も合わせて提出してくれた。話が早くて助かる。箝口令に従わなかったことについては、伊藤部長からきつく叱らせておこう。

書き込みをした社員は今後、社内において厳しい評価に晒されることになる。それで辞職したとしても構わない。このご時世にコンプライアンスも守れない人間に用はないわ。

藤田の葬儀には、彼の上長である伊藤部長や古谷課長と共に赴いた。喪主は彼の父親だ。受付にいる藤田と似た容貌の若い男女は、おそらく彼の弟妹だろう。

「優秀な部下であった彼を守りきれず、申し訳ありません」

「いえ、社長御自《おんみずか》ら参列いただけるなんて……息子も草葉の陰で喜んでいるでしょう」

藤田の父親が頭を下げる。丁寧な態度とは裏腹に、我々を見る目にはどこか複雑な感情が宿っているように見えた。

遺書は遺族の手に渡っているはず。彼にしてみれば、会社のせいで愛《まな》息子を失ったという思いもあるのだろう。暴言を吐かれないだけマシか。

親族席に座る者は皆、悲痛な表情だ。母親とおぼしき中年の女性は終始泣いていた。家族とは縁を切っている私にその心根は理解できないが、悲嘆《ひたん》に暮れる彼女の様子には少しだけ心がざわつく。

葬儀が始まり、弔電《ちょうでん》が読み上げられる。我が社から出した電報のあとでケイトウ西テレビ局からの弔電も読まれた。

それを聞いた伊藤部長が小さく舌打ちをする。

ケイトウ西テレビの関係者にはモラハラによる自殺という件は伏せ、藤田が亡くなったことのみ伝えた。長尾は「そうですか……。彼の頑張り屋なところを、私は大変気に入っておりました。残念です」と悲しそうな顔でのたまっていたそうだ。

厚顔無恥《こうがんむち》にもほどがある。

苛つきを表に出すのは褒められた態度ではないけれど、伊藤の怒りも分かるわ。

我々は長尾に対して何もできない。モラハラに関する確たる証拠はないのだ。しかもケイトウ西テレビ局は大口顧客。ようやく中堅プロダクションまで成長したとはいえ、大手テレビ局と事を構えて契約を切られたら我が社は立ちゆかなくなるだろう。だから今回はなかったことにするというのが私の結論。

結局のところ、金と権力を持つ者が勝つのだ。弱者は彼らに虐げられても耐えるしかない。

勿論、このまま弱者の身に甘んじるつもりはない。いずれは我が社を大手プロダクションにしてみせるわ。


「それでこのN副局長の何が問題かというとね、若手社員にかなりキツく当たっていたようなんですよ。宴席で土下座させたり、何時間も罵倒したり」

「つまりモラハラってやつ？」

「そうなんです！　それどころか新人女優に対するセクハラもあったらしいんですよ」

「え〜〜！　ひっどい〜〜!!」

私は食後のコーヒーを飲みながら、昼のワイドショー番組を眺めていた。ワイドショー番組自体はあまり好きではない。コメンテーターのキンキンとした喋り声がうるさくて耳障りだし、相方の馬鹿っぽい話し方に苛つく。とはいえ芸能界に関わっている以上、目を通さないわけにはいかない。

ここ連日各局のワイドショーで取り沙汰されているのが、とあるテレビ局員のモラハラ疑惑だ。

名前は伏せ字にされているが、関係者が見れば長尾のことだとすぐに分かるでしょうね。

1カ月ほど前、彼のモラハラ行為に関することがSNS上に書き込まれた。それはSNSやネットの掲示板を介してあっという間に広まった。いわゆる炎上ね。

中には同じように彼からのモラハラが原因で、鬱病《うつびょう》になり退職した、あるいは大物俳優と共に若い女子アナを食っていたらしいなどの書き込みもあった。本当かどうかは分からない。炎上ネタに便乗《びんじょう》したガセの可能性もある。

まあ、そんなことはどうでもいいのよ。

この件を世間へ広めることが、私の目的なんだから。

元の書き込みは、私の依頼により阿倍野氏が行ったものだ。さらに複数アカウントを使って同調する書き込みを行い、炎上させるように仕向けた。信憑性《しんぴょうせい》を上げるよう、メールの文面や音声データもUPさせたわ。ぜーんぶ偽物だけどね。

本当に長尾が出したメールも藤田のパソコンに残ってはいたけれど、そんなものを載せたら我が社の者が書き込んだと分かってしまう。阿倍野氏にはこちらの正体がバレないよう、細心の注意を払ってもらった。彼は投稿者が特定されないよう捨てアカウントを使い、またアクセス元が辿《たど》られないように細工しているらしい。

テレビ局絡みというセンセーショナルさもあったのだろう。我々の想定通り、醜聞が大好きな大衆が踊ってくれたわ。面白いくらいに。

「本日付けで、ケイトウ西テレビ局の公式サイトに謝罪文が公開されたようですよ。長尾副局長は懲戒解雇《ちょうかいかいこ》処分になったとか」

「まあ、そうなの？」

月いちの幹部会議はこの件で持ちきりだった。

当初は火消しに躍起《やっき》だったテレビ局はもはや庇いきれないと判断し、彼を切り捨てることにしたのだろう。

ケイトウ西の上層部はさぞ大わらわだったでしょうねえ。ご愁傷様。

これで長尾の人生も終わりね。関連会社に再就職したくとも、ここまでスキャンダルが広まってしまったらどこも雇ってはくれないでしょう。他業種を選択したとして、40過ぎの男が果たしてまともな職に就けるかしらね。

「これで少しは溜飲が下がりましたな。誰かは知りませんが、ＳＮＳに書き込んでくれた者に感謝しないと」

「どうせ他でも似たようなことをやっていたんでしょう。いずれは明るみに出ることだったのよ」

「それもそうですね」

「他人事《ひとごと》ではないと思います。我が社でもモラハラ行為について厳しく対処していくべきでは」

「いや、それより社員の精神面《メンタル》のサポートを」

幹部たちがやいのやいのと話し合い、若手社員への精神的サポートを強化するという結論にまとまった。

そんなものを上層部から押しつけたところで、表向きにしかならないような気もするけれどね。まあ若者が誰かに相談しやすくなるのならば、気休め程度にはなるかしら。

「そういえば先週、藤田の四十九日が終わったそうで。明日は年休を取って墓参りへ行ってきます」

「お墓は埼玉にあるのだったかしら」

「ええ、実家と同じ市にある霊園だそうです。長尾の件を墓前で報告してきますよ」

「それなら慶弔費《けいちょうひ》を使っていいから、お供《そな》えに彼の好きなものでも買っていって」

「そのくらいは自分で出しますよ。彼への手向《たむ》けですし」

伊藤部長にしてみれば、上司として庇いきれなかったという後悔もあるのだろう。だからお供えくらいは自腹で、というところか。

この男はなんだかんだ義理と情に篤いのだ。

感情を外に出しすぎる欠点はあるが、こういうところが憎めないのよね。

「無理しなくてもいいわ。確か娘さん、来年は大学生でしょ。何かと物入りなのではなくて?」

「はは……それはまあ、確かに。お気遣いありがとうございます。では、遠慮なく慶弔費を使わせていただきます」

「それと、花もね。彼の墓前に花束を供えて頂戴」

あとがき

こんにちは、藍田ひびきと申します。

この度は『悪役令嬢ってのはこうやるのよ』をお手に取ってくださり、誠にありがとうございます。

本作を書くきっかけは「カッコいい悪女を書きたい！」という思いつきでした。

いわゆる悪役令嬢ものと呼ばれる作品は沢山あります。私自身も短編ではありますが、今までに何本か書いています。

ライトノベルにおける「悪役令嬢」とは役割《ロール》であり、キャラクター自身は至極真っ当な性格であることが多いと思います。むしろざまぁされるヒロインの方が悪役令嬢と言った方がいいのでは？　というくらい、あくどいことも。

ならば、主人公はヒロインも圧倒するような悪女にしよう。でも普通に育てられたお嬢様がそこまで悪辣になれるかな……？　よし、ならば転生者だ！

そうしてカサンドラ、そして片倉玲子というキャラクターが出来上がりました。そこから先はもう、筆がノリノリでした。カサンドラが勝手に大暴れしてくれた、と言った方が正しいかもしれません。

まずは短編、その後に連載版として「小説家になろう」さんに投稿したところ、ツギクルブックス様からお声がけいただき書籍化となりました。
本書では連載版に大幅加筆をしておりますが、まだまだ書きたいことが沢山あります。ライナルト王太子の片思いはどうなるのか？　怪しい動きをするヴィンフリート王子の思惑とは？　何より、カサンドラがまだまだ暴れ足りないと言っております（笑）。是非続きを書きたいなあと思っております！

それでは最後に。優しく的確なフォローをして下さった担当様、超絶美麗なイラストを描いて下さったカミオン先生、この本の出版に携わって下さった全ての皆様に御礼を申し上げます。また小説家になろうで応援して下さった読者の皆様、そしてこの本を手に取り、ここまで読んで下さった貴方に、心より御礼を申し上げます。
少しでも楽しんでいただけましたら幸いです。

２０２５年４月　藍田ひびき

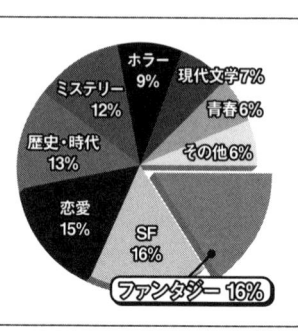

社畜おっさん(35)だけど、『魔眼』が覚醒してしまった件
～俺だけにしか視えないダンジョンで魔物を倒しまくってレベルUPし放題！
気づけば現実でも異世界でも最強になってました～
著 だいたいねむい
イラスト 片瀬ぼの
スキルコピー！
隠密！
目から光線！
最強の魔眼おっさん、爆誕。
第12回 ネット小説大賞 受賞作！
書き下ろし番外編2本収録！

俺、廣井アラタ(35)はある朝起きたら左目が『魔眼』になっていた。

ていうかこれ左半分視界が赤いしなんか街の中に見たことのない扉が視えるし……なんだこれ！？
つーかこれ、俺だけにしか視えないダンジョンっぽいぞ。

ならば……ちょっと内部を探検してみるか。

定価1,430円（本体1,300円＋税10%）　ISBN978-4-8156-3326-4

「もう、無理です！」 伯爵令嬢である私、アンナ・ディストリーは屋根裏部屋で叫びました。
男の子がほしかったのに生まれたのが女の子だったという理由で家族から嫌われていた私は、
密かに好きな人だった伯爵令息であるエイン様の元に嫁いだその日に、エイン様と実の姉のミルーナに
殺されてしまいます。　それからはなぜか、殺されては子どもの頃に巻き戻るを繰り返し、今回で
11 回目の人生です。　何をやっても同じ結末なら抗うことはやめて、開き直って生きていきましょう。
そう考えた私は、姉の機嫌を損ねないように目立たずに生きていくことをやめ、学園生活を楽しむことにします！

「好きに生きる」と開き直ったアンナの、11 回目の人生の物語！

定価1,430円（本体1,300円＋税10%）　ISBN978-4-8156-3185-7

ツギクルブックス
https://books.tugikuru.jp/

ショッピングモールの大規模事故で死んだ五条あかり。異世界の女神を助けた縁で、彼女が邪神を倒す為の力を回復する手伝いをする羽目に。方法は、高難易度のダンジョンの中にある家で、素材を採取したりやってくる人間相手に商売をして稼ぐ事。高額素材を換金するもよし。物資が底を突いて困っている相手に高額で物資を売りつけてもよし。庭先でキャンプ（有料）させるのもいい。
稼げば稼ぐほど、女神の力は回復するぞ！やがて邪神を完全消滅させる為にも、頑張ってぼったくっていこう。

定価1,430円（本体1,300円＋税10％）　ISBN978-4-8156-3184-0

ツギクルブックス　https://books.tugikuru.jp/

著：竜胆マサタカ
イラスト：東西

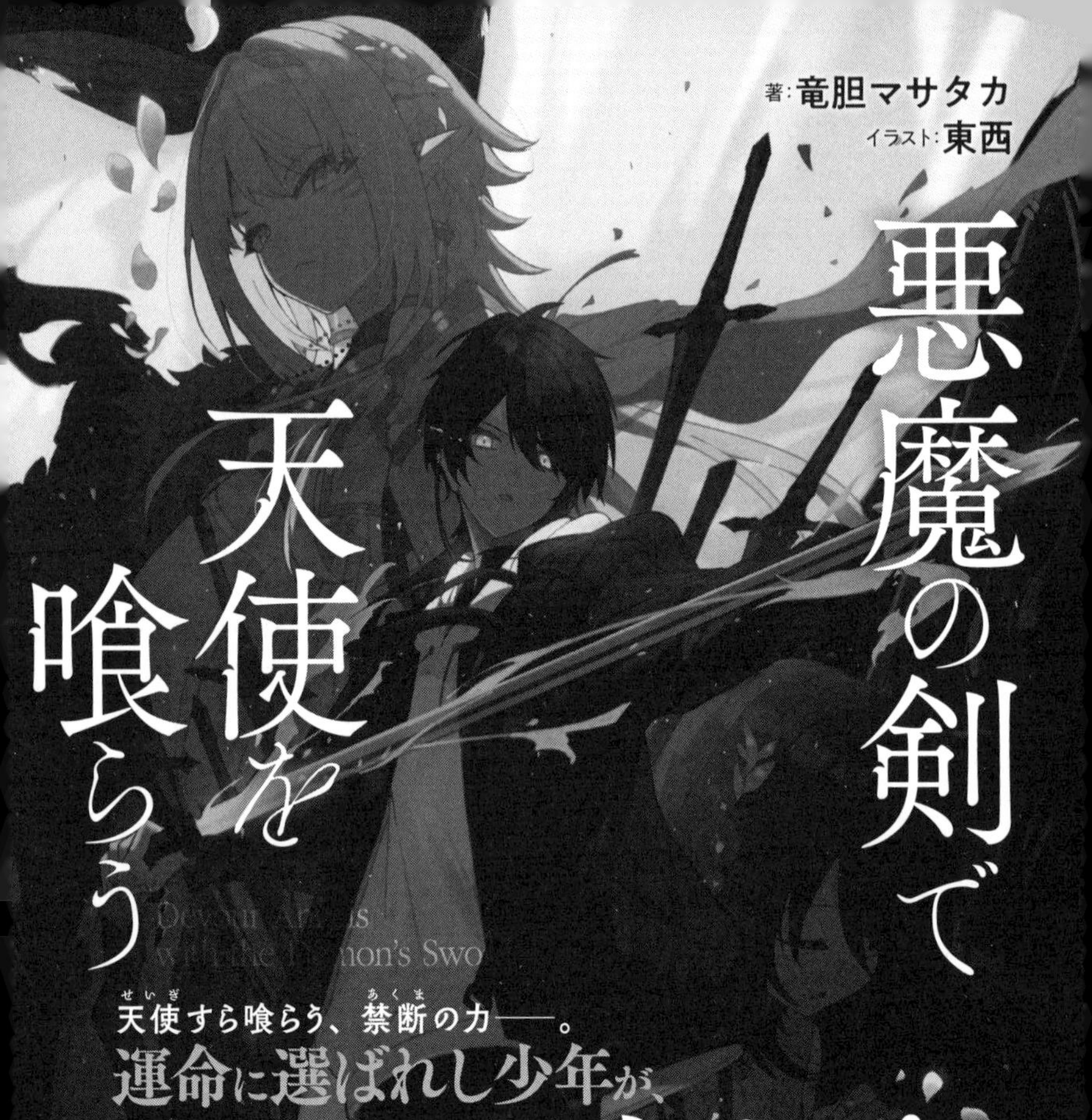

何故、天使は怪物の姿をしているのか？

カーマン・ラインすら遥か突き抜けた巨塔──『天獄』と名付けられたダンジョンが存在する現代。

悪魔のチカラを宿す剣、すなわち『魔剣』を手にすることで、己の腕っぷし頼みに身を立てられるようになった時代。

若者の多くが『魔剣士』に憧れる中、特に興味も抱かず、胡散臭い雇い主の元で日々アルバイトに励んでいた胡蝶ジンヤ。けれど皮肉にも、そんな彼はある日偶然魔剣を手に入れ、魔剣士の一人となる。天獄の怪物たちを倒し、そのチカラを奪い取り、魔剣と自分自身を高めて行くジンヤ。そうするうち、彼は少しずつ知って行くことになる。

己が魔剣の異質さと──怪物たちが、天使の名を冠する理由を。


定価1,430円（本体1,300円＋税10％）　ISBN978-4-8156-3143-7

ツギクルブックス　https://books.tugikuru.jp/

プライベートダンジョン
〜田舎暮らしとダンジョン素材の酒と飯〜
1〜3
著：じゃがバター
イラスト：しの
鶏に牛、魚介類などダンジョンは食材の宝庫！
これぞ理想の田舎暮らし!?
シリーズ累計100万部突破！
『異世界に転移したら山の中だった。反動で強さよりも快適さを選びました。』の著者、じゃがバター氏の最新作！
ある日、家にダンジョンが出現。そこにいた聖獣に「ダンジョンに仇なす者を消し去るイレイサーの協力者になってほしい」とスカウトされる。
ダンジョンに仇なす者もイレイサーも割とどうでもいいが、
ドロップの傾向を選べるダンジョンは魅力的——。
これは、突然できた家のダンジョンを大いに利用しながら、
美味しい飯のために奮闘する男の物語。
1巻：定価1,320円（本体1,200円＋税10%）978-4-8156-2423-1
2巻：定価1,430円（本体1,300円＋税10%）978-4-8156-2773-7
3巻：定価1,430円（本体1,300円＋税10%）978-4-8156-3013-3
ツギクルブックス
https://books.tugikuru.jp/

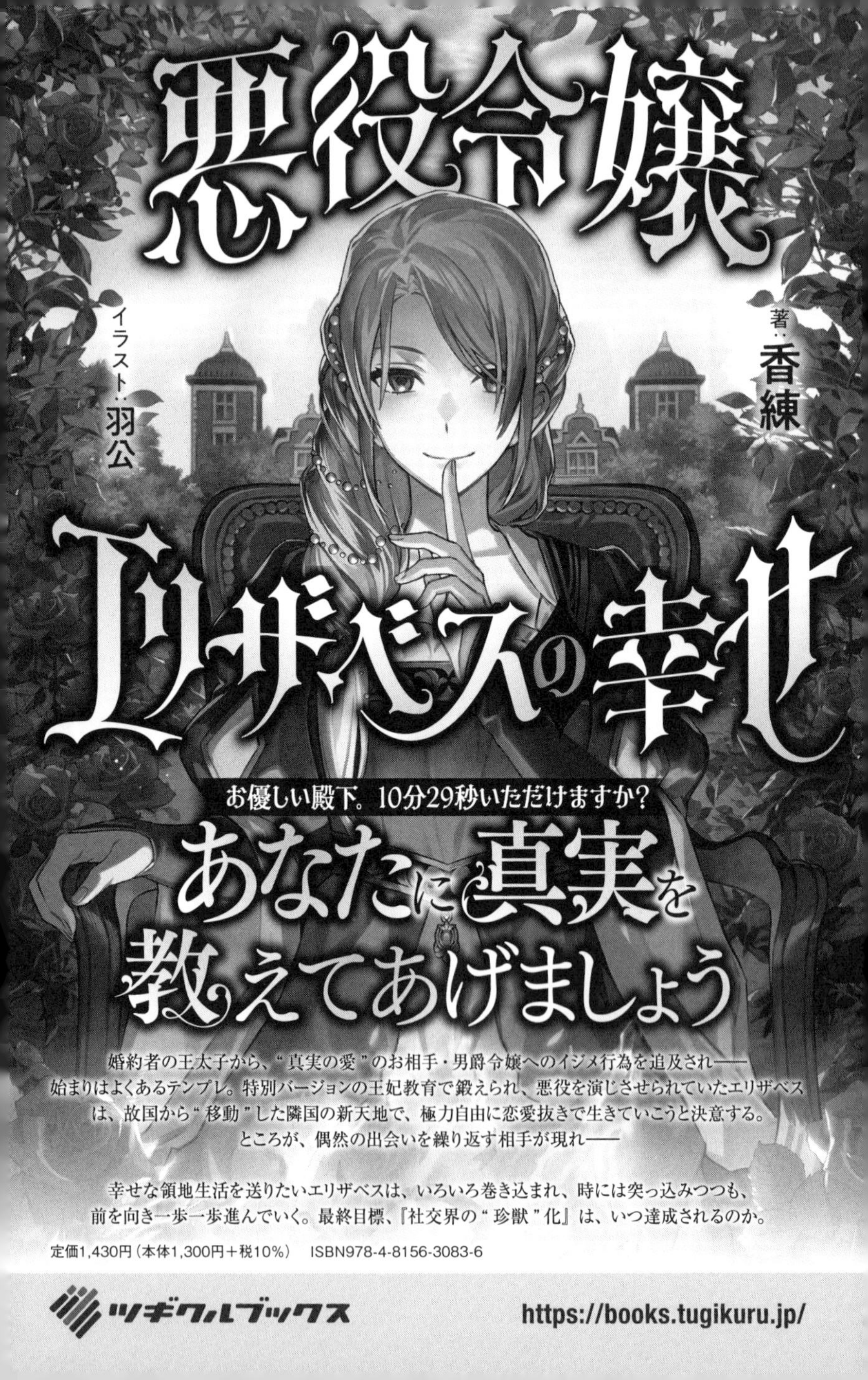

悪役令嬢
エリザベスの幸せ
イラスト：羽公
著：香練
お優しい殿下。10分29秒いただけますか？
あなたに真実を
教えてあげましょう
婚約者の王太子から、“真実の愛”のお相手・男爵令嬢へのイジメ行為を追及され——
始まりはよくあるテンプレ。特別バージョンの王妃教育で鍛えられ、悪役を演じさせられていたエリザベス
は、故国から“移動”した隣国の新天地で、極力自由に恋愛抜きで生きていこうと決意する。
ところが、偶然の出会いを繰り返す相手が現れ——
幸せな領地生活を送りたいエリザベスは、いろいろ巻き込まれ、時には突っ込みつつも、
前を向き一歩一歩進んでいく。最終目標、『社交界の“珍獣”化』は、いつ達成されるのか。
定価1,430円（本体1,300円＋税10％）　ISBN978-4-8156-3083-6
ツギクルブックス
https://books.tugikuru.jp/

震えながら殿下の腕にしがみついている赤髪の女。怯えているように見せながら私を見てニヤニヤと笑っている。あぁ、私は彼女に完全に嵌められたのだと。その瞬間理解した。口には布を噛まされているため声も出せない。ただランドルフ殿下を睨みつける。瞬きもせずに。そして、私はこの世を去った。目覚めたら小さな手。私は一体どうしてしまったの……？

これは死に戻った主人公が自分の意思で第二の人生を選択する物語。

定価1,430円（本体1,300円＋税10%）　ISBN978-4-8156-3084-3

定価1,430円（本体1,300円＋税10%）　ISBN978-4-8156-3085-0

フェンリルのママに育てられた転生者であるサリーは兄姉に囲まれ、幸せに暮らしていた。厳しいがなんやかんや優しいママと、強くて優しく仲良しな兄姉、獣に育てられる少女を心配して見に来てくれるエルフのお姉さんとの生活がずっと続くと思っていた。ところがである。ママから突然、「独り立ちの試験」だと、南の森を支配するように言われてしまう。無理だと一生懸命主張するも聞いてもらえず、強制的に飛ばされてしまった。『ママぁぁぁ！　おにいちゃぁぁぁん！　おねえちゃぁぁぁん！』

魔獣が住む森のなか、一応、結界に守られた一軒家が用意されていた。
致し方なく、その場所を自国（自宅？）として領土を拡張しようと動き出すのだが……。

フェンリルに育てられた（家庭内）最弱の少女が始める、スローライフ、たまに冒険者生活！

定価1,430円（本体1,300円＋税10%）　ISBN978-4-8156-3034-8

ツギクルブックス　https://books.tugikuru.jp/

ダンジョンのお掃除屋さん
~うちのスライムが無双しすぎ!?
いや、ゴミを食べてるだけなんですけど?~
著:藤村
イラスト:紺藤ココン
ぷよぷよスライムと
ダンジョン大掃除!
ゴミを食べてただけなのに、いつの間にか
注目の的!?

公爵夫人に
相応しくないと
離縁された
私の話。
池中織奈
イラスト RAHWIA
私の武器は、
知識と魔力
王国で、私の存在を証明してみせます
クレヴァーナは公爵家の次女であった。
ただし家族からは疎まれ、十八歳の時に嫁いだ先でも上手くいかなかった。
嵌められた結果、離縁され彼女は隣国へと飛び立つことにした。
隣国の図書館で働き始めるクレヴァーナ。そこでは思いがけない出会いもあって——。
これは離縁されてから始まる、一人の女性の第二の人生の物語。
定価1,430円（本体1,300円＋税10%）　ISBN978-4-8156-2965-6
ツギクルブックス
https://books.tugikuru.jp/

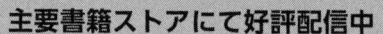

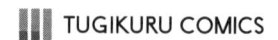

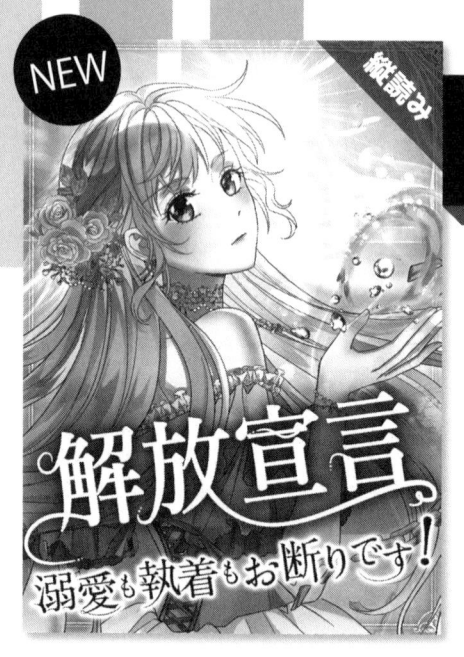

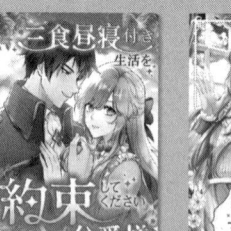

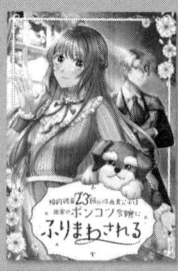

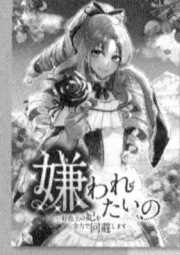

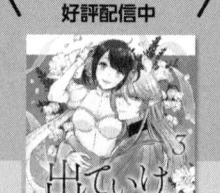

コンビニでツギクルブックスの特典SSやブロマイドが購入できる！

famima PRINT　セブン-イレブン

『異世界に転移したら山の中だった。反動で強さよりも快適さを選びました。』『もふもふを知らなかったら人生の半分は無駄にしていた』『三食昼寝付き生活を約束してください、公爵様』などが購入可能。
ラインアップは、今後拡充していく予定です。

特典SS　80円(税込)から

ブロマイド　200円(税込)

「famima PRINT」の詳細はこちら
https://fp.famima.com/light_novels/tugikuru-x23xi

「セブンプリント」の詳細はこちら
https://www.sej.co.jp/products/bromide/tbbromide2106.html

ツギクルブックス

愛読者アンケートに回答してカバーイラストをダウンロード！


愛読者アンケートや本書に関するご意見、藍田ひびき先生、カオミン先生へのファンレターは、下記のURLまたは右のQRコードよりアクセスしてください。

アンケートにご回答いただくとカバーイラストの画像データがダウンロードできますので、壁紙などでご使用ください。

https://books.tugikuru.jp/q/202504/akuyakureijokouyaru.html

本書は、「小説家になろう」（https://syosetu.com/）に掲載された作品を加筆・改稿のうえ書籍化したものです。

悪役令嬢《あくやくれいじょう》ってのはこうやるのよ

2025年4月25日　初版第1刷発行

著者　藍田《あいだ》ひびき

発行人　宇草 亮
発行所　ツギクル株式会社
〒105-0001　東京都港区虎ノ門2-2-1
発売元　SBクリエイティブ株式会社
〒105-0001　東京都港区虎ノ門2-2-1

イラスト　カオミン
装丁　株式会社エストール

印刷・製本　中央精版印刷株式会社

ISBN978-4-8156-3457-5
Printed in Japan